Heibonsha Library

其《き》角《かく》と楽しむ江戸俳句

イブラリー

Heibonsha Library

其角《きかく》と楽しむ江戸俳句

半藤一利

平凡社

本著作は二〇〇六年十二月、『其角俳句と江戸の春』と題して
平凡社より刊行されたものです。

前口上

鐘ひとつ売れぬ日はなし江戸の春
鶯の身をさかさまに初音哉《かな》
しら魚をふるひ寄たる四手哉
美しき顔かく雉子の距《けづめ》かな
越後屋にきぬさく音や衣更
闇の夜は吉原ばかり月夜かな
切られたる夢は誠か蚤の跡
夕すゞみよくぞ男に生れけり
夕立や田をみめぐりの神ならば
我が雪と思へばかろし笠の上

これらすべて人口に膾炙している其角《きかく》の作品である。
江戸小唄にもその風流が好まれてしきりに使われていた。
〽闇の夜に吉原ばかり月夜かな　そそる店先格子さき　来るか来ないの畳算　ほんに辛気なことぢやえ　格子にもたれて向うの人向うの人　と呼子鳥
〽うぐひすの身をさかさまに初音屋の　駕籠立てさせて青木町　ここがのんどのかわかんと　道を急いで梅屋敷

宝井其角《たからいきかく》または母方の姓をとって榎本其角《えのもときかく》（寛文元年＝一六六一―宝永四年＝一七〇七）という俳人は、生粋《きっすい》の江戸っ子である。十四、五歳のときから芭蕉に師事し、もっとも早い弟子のひとりとして愛され、蕉風発現の第一歩のときに大いに師を盛り立て、その信頼は芭蕉没するまで変わらなかった。芭蕉に「門人に其角、嵐雪あり」（『桃の実』）といわしめる蕉門十哲《しょうもんじってつ》の筆頭の俳人なのである。

ところが人柄がひとしお変わっていた。『俳家奇人談』（竹内玄一著、文化十三年＝一八一六刊）という書物にこう評されているという。

「其性たるや、放逸にして、人事に拘らず、常に酒を飲で、其醒《さめ》たるを見る事なし。在《ある》日不図《ふと》詩人の会筵に行合せ、人々苦心しけるを、角其傍に酔臥し、仰ぎ居たり。己れ一妙句を得たりと起きあがりていふ、仰ギ見ル銀河ノ底と」

いかがなものか。いつも酔っぱらっていて、正気のことがない、とはとうてい常人にあらず。しかも、天井を仰いで大の字に酔いつぶれているのかとみれば、いきなり名句を吐く。中国は唐の詩人李白を彷彿させるではないか。この才気煥発さで他の追随を許さず、独歩独往の境を確立する。とにかく豪放磊落《ごうほうらいらく》、酒を愛し、遊里を愛し、そのうえに権門富貴に気儘に出入りした、ただし、卑属に堕するようなことはなかったが……。

そしてその作品となると、ワビ、サビの世界、芭蕉の閑寂枯淡の境地とはかなりかけ離れている俳風をもつ。ために、去来、凡兆たち蕉門後期の門弟たちには疎まれる傾向があったというのである。なるほど、たしかに自然風土よりも市井の人事を詠み、人情の機微を詠んでいる。それで芭蕉亡きあとは江戸っ子に大いにもてはやされた。そこが蕉門にありながら独特で、個性的で、わたくしのような江戸下町的な磊落を好み、闊達な人間好きには、すこぶる面白くてならないのである。

ところが、さきにあげたような句とは違って、其角俳句には難解このうえないのが数かぎりなくある。ありすぎる。というのも、この江戸っ子は、はなやかな伊達を好み、鬼面人を驚かす巧みな技をもち、たった十七文字のなかにそれを見事に滑りこませる。さらには雑学に富み、伝統の和歌といわず、漢詩といわず、漢籍といわず、下世話な物語といわず、謡曲狂言といわず、古典文学といわず、手当たり次第に自家薬籠中のものとして句に織りこんでいる。結果として、いまの日本人には晦渋そのものの句、理解とうてい不可能の句がどっさり、ということになるのである。

たとえば、同時代の赤穂浪士の吉良邸討入りを詠んだ句がある。「万世のさへづり黄舌をひるがへし肺肝をつらぬく」と前書して、

　うぐひすに此芥子《からし》酢はなみだかな

とやられても、ただちに了解という具合にはまいらぬ。首をなんどもかしげてしまうことになる。

其角は晋子《しんし》あるいは晋其角とよばれ、自分でもそう名乗っているが、これだって中国の古典『易経』に、「晋二其角一」とあるによる、というのである。とにかくガクがありすぎるのである。

「其角の句集は聞えがたき句多けれども、読むたびにあかず覚ゆ。是《これ》角が、まされると

ころ也。とかく句は磊落なるをよしとすべし」（『新華摘』）と後世の俳人蕪村がせっかく弁護してくれているけれども、ともかく難解すぎて、このごろは其角俳句がほとんど忘れ去られていく。それが残念でならない。こんなに痛快なのを、といつも思う。芭蕉の句以上に江戸っ子が好んだその句の天衣無縫ぶりを、わたくしたちももっと楽しむべきではないか。俳句の面白さは「古池や」ばかりではあるまいに。

そこで浅学菲才なれど其角と四つに取っ組んで、上手下手と揉み合い、押したり突いたり捻《ひね》ったり、ここに一書を編み、その素晴らしさを何とか伝えてみたい。もちろん、手に余った作品にたいしてはバンザイする。

目次

絵（北斎漫画の模写）　著者

春夏秋冬の章

睦月・如月・弥生

福は内
にてござります

❈日の春をさすがに鶴の歩みかな

「日の春」とは年の初めを祝う季語。元日の朝の日を浴びて丹頂の鶴がゆったりと歩いている、鶴は元朝によく似合う。まことに目出たく、明るくていい句である。大らかさもよろしい。芭蕉もはじめは大いに褒めた。「初懐紙」で、

「元朝の日の花やかにさし出でて、長閑《のどか》に幽玄なる気色を、鶴の歩にかけて云いつらねはべる。しかも祝言言外にあらわる。流石《さすが》にという手爾波《てには》もっとも感多し」

と手放しに言っている。わざわざ芭蕉に言われなくたって、だれにも句の佳《よ》さは感じられるよ。と、そう思いつつも、俺の鑑賞眼もまんざらじゃないな、と至極《しごく》悦にいっていたら、その後にエッと驚くことにぶつかった。芭蕉翁は何を血迷ったのか、後に自説をひっくり返したのである。前言訂正もいいところである。

すなわち『蕉門俳諧語録』という本で、

「この五文字〔日の春を、のこと〕よろしからず。『春の日』か『立春は』と置くべき句なり。されど其角が手振なり。其時は花やかに聞こえはべりしが、いま是を味わうにあやし」

と「よく考えたらよくない」とけなすほうへ回っているではないか。しかし、俳聖の言であろうとも、これは納得致しかねる。「日の春」であればこそ明るくて、華やかな日射しであり、「さすがに其角の手柄かな」と思うばかりなり。

❖明る夜のほのかに嬉しよめが君

「よめが君」すなわち鼠、俳句の季題で新年にかぎっていう。正月三が日の忌《い》み言葉で、雨をお降《くだ》りというが如し。こやつが元日の朝、チョロチョロと姿をみせたのを、ふだんと違った目出たい心持で、可愛らしく思えたのである。「ほのかに」は、明くる夜と嬉しとの両方にかかって、ほのぼのともの静かないい気分をかもしだしている。なかなかの佳句である。ほかにも「鼠にもやがてなじまむ冬籠《ごもり》」「妹が手は鼠の足かさよ千鳥」などと味のある句もあるのをみると、其角は鼠にかなりの親しみをもっていたようにも思えてくる。近頃とはちがって、昔は鼠と人間の生活とはまことに昵懇《じっこん》の間柄にあった。こそ泥を鼠といったり（鼠小僧はその代表なり）、進退を決しかねているのを首鼠両端《しゅそりょうたん》といったものである。東北地方では鼠を「上の姉様」とよぶそうな。中国で「梁上の君子」というのと軌を一にしている。

花柳界には、「ねずみ鳴き」という隠語がある。心待ちに待つ客がかならず来るようにと、嬉しい首尾を祈るとき、芸者が鼠の鳴き声をまねて「チュッ」という音をだすのである。わたくしも若いころはそれこそ何度か、ひそかに「チュッ」とやられたものであったが……、ああ、いまは昔のこと。ホントですぞ。

❖弱法師我門ゆるせ餅の札

「弱法師」とあれば、すぐに謡曲の「弱法師《よろぼうし》」の一節が思い出される。

「実《げ》にも此身は盲目の、足弱車の片輪ながら、よろめきありけば弱法師と、名づけ給うはことわりなり」

よろしくない差別語がまじっているが、堂々たるシテの名乗りの原文ゆえ許されたい。要はその昔の乞食のことなんである。そして江戸時代には、乞食が町屋を一軒々々訪ねては新年の祝いの餅を乞う、目出たく頂戴できたときには「済」印として、門柱に頂戴札を貼る風習があったという。それを「餅の札」という。そのことを辞書なんかで知れば、この句の意味はおのずと分明であろう。あまりの不景気、我が家は貧しくて年の用意の餅もついてなんかいられないんだ。なにとぞ許せ、弱法師どのよ、我が家を除けものにして次へ行ってくれまいか。餅が新年の季語。

まずはそんな風に、自分の貧乏そのものを余裕をもって俳諧的に笑いのタネにしている。で、謡曲の弱法師をわざわざもってきたのも頷ける。新年を迎えたというのに、腹を空かしてよろよろとよろめいているのは俺自身、お互いに仲間じゃないか、と其角はニヤニヤしながら訴えているにちがいないのである。

としても謡曲をもちだすとはいくらか大仰かな。

❖松かざり伊勢が家買人《いえかう》は誰

ためつすがめつ眺めども、何のことやらと何日も苦しんだ。それでも「伊勢」が紀貫之、在原業平、小野小町などとともに『古今集』を飾る、才名高かりしかの伊勢とわかって、ホッと安心した。三十六歌仙のひとり。百人一首にもある。「難波潟みじかき蘆の節の間もあはでこの世をすぐしてよとや」。宇多天皇の寵愛を受け、親王までなしたが、せっかくの親王は夭逝してしまい、天皇も譲位されたので、やむなく彼女も宮中を退出した。しかし、その美貌はなおもみずみずしく、かつ情熱的の噂も高く、そのみやびを尽くした五条の邸宅には、色好みの公達《きんだち》が押すな押すな。その彼女が、いかなる訳あってか、住む家を売ったことが『古今集』巻十八の彼女の歌でそれとなくわかる。

飛鳥川淵にもあらぬ我が宿も　瀬にかはりゆくものにぞありける

さて、その豪邸をいったいだれが買ったのであろうか？　しかも門前のあの豪華な松飾りを見よ、ただ者じゃないぞ。なんてことを、正月酒で陶然としながら悩んでいたら、文人俳句では雲の上の人と仰いでいる嵐山光三郎さんがそっと教えてくれた。「買ったのは其角その人なんですよ」。ナヌ？　そんなバカな。「だって、元禄二年に日本橋伊勢町に其角は新居を買ってます。この句はその歳旦吟《さいたんぎん》。伊勢町と伊勢をかけてます。見事なもんですな」。ギャフン!!　さすが嵐山大人《たいじん》とあらためて景仰《けいこう》いたしました。

❖浦嶋がたよりの春か鶴の声

「画讃」と前書にある。どんな絵が描かれていたのか想像を逞しくすれば、『名所江戸百景』の箕輪金杉三河しまの絵のように、雄雌の鶴が鳴きかわしながら求愛している目出たい図柄でもあるのであろう。

そこに浦島太郎を配するあたり其角の独創である。浦島とくれば亀。なんであるけれど、遠く龍宮城からの「明けましてお目出とうございます」と年賀の使いとなれば、亀より鶴のほうがピタリである。

『漢書』蘇武伝にある雁の脚に手紙を結びつけて放った蘇武の故事が有名で、雁の便りというほうがごく一般であるけれども、鶴が便りの使者をするなんて、この発想もシャレている。悠々としていて、目出たさもいやまさるような楽しい句である。

ところで鶴はどんな声で鳴くのか。丹頂鶴の求愛のダンスの声は、「ツー」「ルー」と鳴きあうそうな。

そういえば、雄が「ツー」と鳴いて、雌が「ルー」と鳴くから、それでツルというんだ、という落語がある。またいっぽうに、鶴は群れでいることが多いから「連れる」、それが「連鳥《つれ》」となりツルとなったとか、ほかの鳥より立派ゆえ「すぐる」、転じてツルとなったとか、さももっともらしいいろいろの説がある。いや、いや、存外に鶴の語源は落語の「ツー」「ルー」説が正しいのじゃないか。江戸っ子もそれで納得していたにちがいない。

愚か者めが、何を世迷い言を、といわれそうであるが。

❖鐘ひとつ売れぬ日はなし江戸の春

多くの人がすでに存じよりの句である。元禄十一年（一六九八）の正月に詠まれたもので、「一日長安花」という前書がある。たった十七文字のなかに、のどかで、目出たい気分が満ちあふれている。滅多に売れない梵鐘さえ買われる元禄の世の繁栄ぶりが、素直に伝わってくる。俳句の値打ちはここにある。余計なものは要らないのである。わたくしも贅言をこれ以上に連ねたくはないが、そうもまいらぬ。で、講釈をひとつ。

史書『吾妻鏡《あずまかがみ》』の治承四年九月のところに、江戸太郎重長という人がでてくる。そして十月には、この人が武蔵の国の諸郡司に任命された、と記されている。これが江戸という地名の起こりなんじゃないか、と探偵は認定したい。治承四年とは、西暦に直すと一一八〇年、以仁王《もちひと》や源頼政なんかが平家打倒の旗揚げをしたとき。そんなはるか昔から江戸の名があったとは驚きと申すほかはない。

もちろん、意味からいえば、海の入る口のこと。いまの東京湾がずうっと奥まで入り込んでいた。そんなわけで『塵塚談』という文化十一年（一八一四）ころの本には「浅草近辺の者は、神田、日本橋へ出るをば、江戸へ行《いく》といひけり」と書かれているそうな。

❖七種やあとに浮かるゝ朝がらす

せり、なづな、五形、はこべら、仏の座、すずな、すずしろ、春の七草。とお経のように唱えることで、悪ガキのころに覚えさせられた。正月七日、これらの菜のいくつかを入れて七草粥を炊いて家内安全を祈願して食べる。

いまはすっかり廃れた縁起なれども、昔はさらに面白い風習があった。七日の朝、七草の二、三種、もしくはなづな一種だけでも俎にのせ「ななくさなづな、唐土の鳥と日本の鳥と渡らぬ先に」と歌いながらこれをバンバン叩くのである。道具は包丁、杓子、すりこぎと何でもいい、とにかく威勢よく囃したてる。これを江戸っ子は盛大にやっていたことが、其角俳句でわかる。この朝っぱらからの馬鹿騒ぎが終わったら、カラスどもが真似してガァーガァーやっとるわ、というわけである。

いまの東京はカラス天国で、早朝からうるさく鳴き合っている。都内でわがもの顔に闊歩しているのはハシブトガラス。嘴が太く額が出ていて「カアカア」と澄んだ声で鳴く。郊外や多摩川や東京湾あたりのはおおむねハシボソガラスで、嘴が細く「があがあ」と鳴く。お江戸八百八町にどっちが多かったか、それは知らない。

カラスの声で江戸の新年が明ける。川柳にもある。「憎まれぬは元旦の明烏」。同じトリでも借金取りの心配はもうなくなった、ヤレヤレという喜びの句である。

❖鶴さもあれ顔淵生きて千々の春

顔淵《がんえん》とは、そも何者なるぞ。またの名が顔回《がんかい》、字《あざな》が子淵《しえん》とわかれば、孔子さんと『論語』がたちまちに想起されてくる。中学生時代に「巧言令色、鮮矣仁」とか、「朝聞道、夕死可矣」とか、いやというほど叩きこまれた。顔回は、子路《しろ》とならぶ『論語』に登場する二大脇役であり、孔子の門弟三千人、一身六芸に通ずる者七十二人あるも、顔回に比するものはないとされている。

「雍也篇」第六に、魯《ろ》の哀公《あいこう》が「お弟子さんのうちで誰がいちばん学問好きなるや」と孔子に尋ねる。孔子対《こた》えて曰く。「顔回なる者あり。学を好みて怒りを遷《うつ》さず、過ちを弐《ふた》たびせず。不幸、短命にして死せり。今や則《すなわ》ち亡《な》し。未だ学を好む者を聞かざる也」。絶賛である。「わずかな飲食、粗末な住居に満足して、決して修行をやめない」とも孔子は褒めている。その賢人にして最愛の弟子が死んだのは、孔子六十一歳、本人三十二歳のとき、というのが定説である。「天予《わ》れを喪《ほろ》ぼせり」と『論語』のなかで、孔子はただただ嘆きに嘆いている。

さて、千寿の鶴に対して若死の顔回をもちだして味をつける。「鶴は千年」だなんて、チャンチャラオカシイ、若死の顔回だって名を千載にとどめているじゃないか。さすが才智の其角だけあって、ヒネリを利《き》かせた目出たい妙句である。

❖我が雪と思へばかろし笠の上

かなり知られた其角の句で、これまでの研究で一般的には「笠重《ハ》呉《シ》天雪《ノ》」という唐詩の詩句を踏まえている、とされている。それで、それ以上の解説不要なのであるけれども、つい先日ちょっと面白い発見をしたので、付記しておきたい。

寛永十一年（一六三四）刊行の『尤《もっとも》の草紙』という著者不詳の本がある。「長きもの」

「綺麗なるもの」「きびのよきもの」など四十条、『枕草子』に模して偉そうに一席ぶっているが、なかに「重きもの」の項がある。

「尤も重きは父母の恩、兜に具足《ぐそく》、鎖袴《くさりばかま》、古布子《ふるぬのこ》、年貢の俵、商人の海道荷《かいどうに》、下手《へた》の謡《うたい》、上手な薬師《くすし》と、しめりの茶臼《ちゃうす》に、鮓《すし》のおし、お局《つぼね》の乗物、不精者の起居《ききょ》に、笠の雪」

其角は「何だ、いとも常識的で、エスプリが利いとらん」とくさしながら、恐らくはこの本を読んだに違いない。それでそんな常識をひっくり返して、欲張りにはオレの物だと思えば笠の雪も軽いもんだ、とやってのけた。そこにこの句の手柄がある。

其角のこのシャレは小唄なんかにもとりこまれた。

「我がものと思えばかろき笠の雪、恋の重荷を肩にかけ、いもがりゆけば冬の夜の、川風さむく千鳥なく、待つ身につらき置炬燵《ごたつ》、ほんにやるせがないわいな」

其角俳句に江戸情緒は、よく似合う。

❖雪の日や船頭どのゝ顔の色

元禄元年、其角が大津に遊んだときに詠んだもの。大津の浜の雪景色と船の船頭の赤ら顔の対照の妙、とそれだけの句と解して終わりにしては、失礼きわまる仕儀となる。この日、俳友とともに琵琶湖の雪景色を題材にみんなして句を詠まんか、となったとき、さすがに学のある其角のこと、とっさに大津の浜を舞台にした謡曲「自然居士」を想起したのである。意表をつくとはまさにこのこと。

人買いに買われた少女を取り返さんと、自然居士は人買い舟に駆けつける。「そこの人買い舟に物申す」「人買い舟とは失礼な」「ヒトカイ舟とは、舟を漕《こ》ぐ人と櫂《かい》のことよ」と禅問答もあり、居士は強引に舟に乗りこむ。

そのあとワキ人買い商人と、シテ自然居士の言いあいがある。

「なふ〳〵自然居士急いで舟より御あがり候へ」

「鳴呼《ああ》船頭殿の御顔の色こそなをつて候へ」

「いやちつともなをり候まじ、……自然居士の舞の事を承《うけたまわり》及《およ》びて候、一さしまふて御みせあれ」

という次第で、少女を返す代わりに、自然居士にいろいろな得意の芸をみせろと人買いが要求する。

以下は略すが、たった十七文字にこの話が持ちこまれ、縦横な才気が示されている。俳友諸氏もさぞや顔色がなかったことであろう。この日の船頭の顔の色から、謡曲をただちにひっぱりだすなんて、神技とも思えてくるのであるが。

ちなみに自然居士は鎌倉時代の実在の人、大阪府阪南町自然田生まれ、そこには自然居士を偲ぶための大銀杏があるとか。

❖窓銭のうき世を咄《はな》す雪見かな

のっけから「窓銭《まどせん》」という言葉に、何だい、これは？　とつまずいたが、諸本をちょっとパラパラとやったら、すぐに見当がついた。窓運上ともいって、要は住む家の窓にかけた税金のことという。いまでも、古い建物でやたらに窓の少ない家ばかりという地方がある。その昔、そこの殿様が財政難を補うために窓に税金をかけたためという。南うけの窓一つ開けると米二升の税がかかる。塞いでも二升の税を出せと無理難題をふっかける領主がいたらしい。

もちろん、元禄の江戸にはそんな強欲な税はなかった。で、われらの住居たるや九尺に二間の狭さなれども、思うところに窓をいくつでも開けることができる。とは言うものの、互いにもたれあって建っている裏長屋にゃ開けるべき余分の壁がないわな。いずれにしたって、浮世は憂き世で、せち辛いことに変わりはない。江戸っ子たちが、とまあ、そんな話をしながら、雪見と洒落ているのである。

なお、この句は『焦尾琴《しょうびきん》』という本には「うさのみまさる世を知らねば」という前書つきであるという。となると、これは間違いなく『新古今和歌集』の紫式部さんであるな。

ふればかくうさのみまさる世をしらで
　あれたる庭に積もる初雪

フムフム、其角の学たるやどうして深遠であるな。

❖朝ごみや月雪うすき酒の味

ノッケから「朝ごみ」とはそも何ぞや。滅多にお目にかからない語で、手近な前田勇編『江戸語の辞典』にも出ていない。探索することしばしで、やっと見つかった。『好色伊勢物語』（貞享三年＝一六八六年版）にこうあるそうな。

「朝込。凡そ島原の一番門といふ事あり。此町七ツ（午前四時）の鐘のなる也。初めて、よるの門を開く。宵に首尾なき男、此一番門に来たりて、夜の明け迄枕を並ぶ。これを、あさごみといふとぞ」

なるほど、とは思えど、まだしっくりこないところもある。さらに調べを濃密にしてみたところ、わかったことを報告すると――、昔の島原では午後十時頃に惣門を閉じてしまい、この直前に昼間だけの客とはサヨナラをし、門内に泊まりの客を入れる。そして午前四時に、夜泊まりの客と朝ごみの客とがもういっぺん交替したのであるそうな。ということは、朝ごみの客とは、明け方に人目を忍ぶようにして、まことに慌ただしくちょんの間で女に逢いにゆく男ということになる。

江戸は吉原にも同様の作法があったのか。で、この句は月とか雪とか風雅と縁なき、忙しい逢う瀬を詠んだもの、ああ、シッポリ濡れる余裕もない、との嘆きの句ならん。『五元集拾遺』の冬の部にあるので、雪が季語ということになる。

ついでに、吉原について一席すると、ここのいちばんの特色は士農工商と身分制度のやかましかった時代、町人や大名や旗本も廓内《くるわ》では平等であったこと。武士は大小の帯刀を許されず、カゴに乗って入ることも禁じられた。ただし医師は別。其角は医者なのでカゴで乗りつけたのかもしれない。

❖陪臣は朱買臣也ゆきの袖

「宮城御普請成就して諸家御褒美給はりける比《ころ》」と前書がある。が、ここからは何の手がかりもえられない。ただ朱買臣《しゆばいしん》という名には、夏目漱石が愛読していた中国の古典の『蒙求《もうぎゆう》』でお目にかかった記憶がある。で、繙《ひもと》いてみましたね。案の定で「買妻恥醮《ばいさいちしよう》」にこの人が登場する。

魚を撈《と》ったり木樵《きこり》をしたりで目立たずに勉強していた買臣クンのカアチャンは、あまりの貧乏に愛想をつかし離縁を迫り、一年待てと止められたのに強引に別れていく。一年後、買臣はその才を認められ故郷に錦を飾る出世をした。元のカアチャンは慌てて復縁を求めたが、買臣クンは覆水盆に還らずの譬えをひき拒絶する。……ざっとそんな話である。

この話は昔の日本人好みであったらしく『源氏物語』や『枕草子』や、『平家物語』や謡曲にも、買臣が出てくるという。たとえば『枕草子』には「買臣が妻を教へけむ年」のくだりにある。で、学のある其角が買臣のことを知っていても不思議でない。

それにしても、陪臣と買臣のゴロ合わせはわかるが、句意は鮮明ならず。陪臣すなわち諸大名の直臣すなわち田舎侍。ふだんは田舎侍と馬鹿にしていたが、その連中が驚いたことに城普請で、ふる雪も何のそのと、朱買臣のような隠された実力を発揮した。アッパレ、「故郷に錦」ならぬ「雪の袖」の栄誉に輝いたよ。ざっと、そんな意味なのかな……？

❖たたく時よき月見たり梅の門

「和二心水推敲之句一」と前書がある。すなわち、心水という詩人の「推敲」を主題にした漢詩があって、それに和して一句ということ。その漢詩を探しだしてきたものの、いざ読み下そうにも、

「君の滑稽を愛す一時の豪　雁字《がんじ》霞《かすみ》を帯び彩毫《さいごう》に入る（色が小さくなってしまう）想い見る梅花の門裏の月　知らず誰とともにか推敲を定めん」

と、浅学には訳がわからぬ読みようしかできない。ここから其角の句の解釈は逆立ちしても不可能である。

ここはむしろ中国は唐の時代の賈島《かとう》が「鳥は宿す池辺の樹　僧は推す月下の門」という句を得たが、「僧は推す」は「僧は敲《たた》く」としたほうがよいのではないか、と迷いに迷っ

た。たまたま先輩の韓愈《かんゆ》という大詩人に出会う。そこで意見を問うと、韓愈はニッコリ笑って、「それはもう敲くのほうがはるかによい」と判定を下した。そこから推敲という言葉ができた、……なんていう故事はもう衆知のことながら、こっちの逸話をもちだしたほうがよいような気がする。心水の漢詩の前書は、ことによったら其角のカムフラージュなんではあるまいか。

そしてこの故事から、芭蕉は「三井寺の門叩かばやけふの月」を詠み、蕪村にも「寒月や門をたたけば沓《くつ》の音」の句がある。わが漱石にも「梅の詩を得たりと叩く月の門」の佳句がある。そして其角にも……。以上、推敲のオンパレードという次第である。

❖梅が香や隣は荻生惣右衛門

夏目漱石の句に「徂徠其角並んで住めり梅の花」というのがある。初めて出会ったとき、何をいったい詠んだものかとしばし目を白黒させたが、この其角俳句を見つけて疑問はいっぺんに氷解した。実際、其角は日本橋茅場町で荻生惣右衛門こと荻生徂徠と隣合わせに住んだときがあったという。

徂徠といえば、柳沢吉保に仕え、例の赤穂浪士の処罰をめぐって有名になった儒学者である。このとき、将軍綱吉をはじめ幕府当局においては、かれらを助命すべきか、切腹を命じるべきか、迷いに迷った。結局は、徂徠の「法というものがあるかぎり、社会の安寧のためにも、それを枉《ま》げてはならない」という主張が勝ちを制したのはご存じの通り。が、これは元禄十五年（一七〇二）の話。其角のこの句はそれよりずっと前の作。

実は、徂徠先生はこの大事が起こる以前は「おカラ先生」ということで、江戸町人にはつとに知られた御仁であった。若い頃は貧乏の極にあって毎日毎日、親切な豆腐屋のお恵みを受け、豆腐のカラばかり食っていた。しかし、学問においてはあたりを睥睨《へいげい》して意気軒昂。それでもう江戸っ子には有名であった。そんな有名タレントの隣に俺は住んでいるのだと、其角はいささか得意げに句でピクピク鼻をうごめかしているのである。

❖御秘蔵に墨をすらせて梅見哉

まことに愉快な句で、わがもっとも好む句である。

「四十の賀し給へる家にて」と前書にある。どなたか貴人の、四十歳の祝宴に出席したときの句。一説に、松平隠岐守の家臣久松粛山《ひさまつしゅくざん》のことという。ま、そんな貴人探しはどうでもよろしい。句の面白味は、なんといっても御秘蔵という語にある。すなわち、その家の主の御寵愛の妾、それも飛びきりの美人と想像しなくてはいけない。いや、女性にあらずして、ヨン様ばりの男前の小姓とするのもいい。

いずれにしたって、殿様か金持ちに、一句詠め、と無理強いされて、それならばとベタベタ寵愛の女（または男）に香りも豊かに墨をすらせる。その間、其角はしばし庭前の梅をみつめていたが、やおら筆をとって短冊にサラサラと詠んだのがこの句。相手に身分があろうが恐れ入ることもなく、むしろあてつけるかのように「御秘蔵」とやったあたり、かなりの反骨ぶりも窺えて、俄然楽しくなる。

俳諧師、いや江戸っ子はこうでなくてはいけない。へその曲がり具合が大切なのである。権門・富家なにするものぞ。この心意気である。

❖守梅《もりうめ》の遊びわざなり野老売

前書に「宰府奉納」とある。宰府すなわち亀戸《かめいど》天満宮。わが幼き日には「天神さま」と呼んだ。二十五日に毎月お詣りにいった。「頭がよくなりますように」と。『江戸名勝志』には「寛永三丙寅年に造営して鎮座す。社頭の躰、筑紫大宰府の社を模す。宰府より来れる飛梅の若木あり。池上に十余丈の藤棚あり」とある。梅と藤の花で知られる。

句は神社の梅守が、参詣人相手に野老《ところ》を売っているが、梅を守る片手間の遊び仕事なのであろう、の意。「ところ」とは昔は山野に自生していた蔓草で、細いひげが連想されるところから「野老」の名がある。茹でて苦みをとり除けば食用または薬用に供せられるそうな。

こんな辞典の受売りはどうでもいいか。一席ぶちたいのは、この亀戸「天神さま」の太鼓橋。二つ架かっていて、初めの大きく弧を描く太鼓橋が過去を象徴して「苦」、次の真ッ平らな橋が現在を意味して「楽」、最後の中くらいの太鼓橋が未来を象《かたど》って「やや苦」と教えられた。ただしそんな転生の哲理がわかったのは後年のことで、当時は見知らぬ腕白同士が渡りづらい苦のほうの橋を無理に一直線に、五十回、六十回と走り上がっては滑り落ちる、転げ落ちる。この楽しい遊びの後、一緒に門前の船橋屋の名物くず餅を食って（これも毎月二十五日参詣の目的の一つ）「あばよ、来月また会おうぜ」とさらりと別れる。珍なる一期一会があった。そんなむかし〳〵が想いだされてきた。

❖しら魚をふるひ寄たる四手哉

前書に「深川にあそびて」とある。むかしの深川は佃島《つくだじま》から漕ぎ出たあたり、隅田川の河口付近は白魚漁で賑わった。白魚そのものはずっと川上の千住あたりでも獲れたが、このへんまでくると産卵が近づいて、味がぐんと落ちる。やっぱり河口じゃなくては、ということなそうな。とくれば、ただちに口に出して唸《うな》りたくなるであろう。

「月は朧《おぼろ》に白魚の、篝《かがり》もかすむ春の空、冷てえ風もほろ酔いに、心持ちよくうか〳〵と、浮かれ烏のただ一羽……」

ご存じ『三人吉三巴白浪《さんにんきちさともえのしらなみ》』大川端の場、お嬢吉三の名せりふ。篝火の明かりを川面に落とす白魚舟は、明治末ごろまで隅田川の早春のよき風情であったとか。都鳥とともに、白魚が江戸っ子の自慢のタネであったことがよくわかる。

もとを糺《ただ》せば、徳川家康の好物で、その神君の命令で、「名古屋浦の白魚を御取寄せ候て、まからせられたもの、今に至て生成すと云々」(『事蹟合考』)であるそうな。「自分を慕《した》って江戸までできたか」と家康がいったとか。江戸湾の水がうまく合ったのがよかった。

白魚は四つ手網で上げられると跳ねる力もなく、網目にへたへたとくっついているような恰好になる。其角句はその可憐さを「ふるひ寄たる」にうまく表現した。写実の力である。漱石にも「ふるひ寄せて白魚崩れん許りなり」の巧みな句があるが、こっちは其角の模倣であるな。

❈鶯の身をさかさまに初音哉

其角の代表句のひとつとされているが、それほど名句とも、面白い句とも思えない。山ほどある鶯の句の中にあって、「さかさまに」なって鳴いている、という鶯の姿に新着想があり、とにかく有名になっているものらしい。実際に初音のころの鶯が枝にさかさまになって鳴くのかどうか。其角の想像らしいが、そんな奇想が喜ばれたのであろう。それとも人間の男女の営みのときの……。女が上になって……。まさか。

『東都歳時記』には「立春の一五、六日目頃より新哢《はつね》を発す。神田社地、小石川鶯谷、谷中鶯谷（三崎の大通りより西のかたへ入る）、根岸の里」とある。江戸の鶯の名所は上野から根岸、鶯谷にかけて、ということになっている。が、川向うの向島の悪ガキには亀戸の梅屋敷がいちばん有名であった。ついで向島百花園、木下川《きねがわ》梅園、小村井《おむらい》の江東梅園。古老がぶつぶつ呟くように説明してくれた。

「古来、梅に鶯といってな、これら川向うの名所で鶯の初音を聞くのが無上の楽しみじゃった。それでよくぐるぐると四つの梅園を巡ったものだて。川柳にも、鶯の初音に龍も目をさまし、という名句がある。これは枝ぶりが龍が這うようだということから、臥龍梅《がりょうばい》とよばれた古木が亀戸の梅屋敷にあった。いち早くこれにとまってホーホケキョ、臥龍も目覚めて花を咲かす気になる、というわけよ。震災でみんななくなってしもうたが、情けのうてな……」

当時の悪ガキもいまや老骨となり、「空襲でみんななくなってしもうてな」とやりたい気持になっている。

❖景政が片眼を拾ふ田螺かな

田螺《たにし》がなぜ春の季語なのか、都会育ちにはわかるまい。戦後、越後の田舎住まいを三年ほどしたからよくわかる。敗戦直後のあのころひたすら田螺を食って腹を満たした。まことに田螺さまさまであった。それに昭和二十一、二年の春は田螺の豊作であったことを覚えている。

春の雪消《ゆきげ》から転耕がはじまるころまで、田圃《たんぼ》では田螺がよく鳴いていた。鳴き声はコロコロ、あるいはカラカラ……。その気になってじっと耳をすますと、夕靄につつまれて寂しく、哀しく聞こえた。オイオイ、腹っぺらしども、俺たちまで食うのかよ、と敗戦国民の空腹を哀れんでいたのかもしれない。

其角の句は蒼暗色の殻に入った目ん玉のような姿からの連想で詠んだもの。それにしたって奇抜この上ない。踏まえている話が、源義家に従って後三年の役で奮戦した鎌倉権五郎景政という勇猛のサムライなんである。

権五郎はこの戦いで鳥海弥三郎に右眼を射られたが、矢を抜かずに闘ってこれを見事に討ち果たす。後で僚友に矢を抜いてもらおうとしたがなかなか抜けぬ。仕方なしに僚友は景政の顔に足をかけて力まかせにひっこ抜いた。と、目玉も一緒に飛び出した。が、それに目もくれず、景政は武士の顔に土足をかけるとは許せぬと怒りに怒って、僚友に陳謝させたという。

田螺からこの話を発想するなんて、およそ人間離れしていると申すほかはない。

❖京町の猫通ひけり揚屋町

新吉原の廓内にはいくつかの町がある。江戸町とか堺町とか。ここにある京町と揚屋町《あげやまち》とは隣りあっていた。色町の猫は遊客のように廓をあちこち往来する。句の意はそのままとれば、京町の恋猫（遊女）が揚屋町まで通っていった、とそれだけのものになる。

ところが、それは違うんだな、とつい最近に、日本の遊女や色町方面の歴史に、わたくしよりくわしい人から教えて貰った。彼氏曰く「そもそも其角は人間を猫に見立てたりしない人なり」と。で、この猫は「本物の猫なんだな」と。すなわち、元禄七、八年（一六九四、五）ころに一世を風靡した薄雲太夫なる美女が花魁《おいらん》道中をするときに、禿《かむろ》に猫を抱かせてシャナリシャナリとやったのが大評判となった。

「それからやたらに吉原の花魁たちが猫を飼いだし、思い思いに首にきれいな鈴や飾りなどを巻いて妍《けん》を競った。其角はその流行を面白く描いてみたものなんだよ。そう解さないと、其角の風雅の心がわからないことになるんだな」

さてさて、この解が正しいのかどうか、浅学にはわからない。花魁が猫を飼ったりすると、猫嫌いの客もいる、寄りつかなくなるのではないか。でも、なるほど、こっちのほうが面白いし、何となく綺麗な解釈かなという気分にもなっている。

❖日本の風呂吹といへ比叡山

とにかく何のことやらさっぱりの句である。目を白黒させて何度も読み返してみるが見当もつかぬ。仕様がないからと、冬場の食べものである風呂吹大根のほうに関心を寄せることにする。太い大根を厚く輪切りにして柔らかくゆでたのを、柚子味噌や胡麻味噌をつけて食べる。これがすこぶる美味《うま》い。なぜ風呂吹というか。その昔の浮世風呂なんかでは、湯から上がってきて湯気のたつ客の身体に、湯女《ゆな》が息を吹きかけながら垢を落としたそうな。これをそもそも風呂吹といった。熱い大根をフーフー吹きながら食べる様子がさも似たり、命名はそこからとか。

では、大根の名はどこから? これが、なんと、『日本書紀』なんである。この西暦七二〇年に成立の古典に登場して「於朋泥」と記され、オオネと読まれている。後にこれに大根の字があてられ、やがてごく自然にダイコンと音読されるようになったそうな。

と書いているうちに、フウーと、『日本書紀』からいとも奇妙な連想が沸いた。句の比叡山とは、こりゃ、天台宗の総本山の延暦寺のことだよ、と思い当たった。この寺院は昔は天台根本三千坊を豪語していた。この「台根」すなわちダイコンで、また大根の千切り三千本と、其角は大いにシャレてつくったな、と判定した。当たっているかどうか、保証できぬ。それにしても、意地悪く、下手に洒落た句であることよ。

❖ 傘《からかさ》に晧《ねぐら》かさうよぬれ燕

宮武外骨の著『山東京伝』にはこんなことが書かれているそうな。

京伝が文化二年に『稲妻草紙』を作ったさい、不破《ふわ》伴左衛門の扮装が初代市川團十郎の創意で、荷翠《かすい》の句「稲妻のはじまり見たり不破の関」に基づいて、雲に稲妻の模様で一定している。たいして、名古屋山三郎の衣装のほうは定まった模様がなかった。そこで、京伝が「其出像画の山三郎に濡燕《つばめ》の模様を付けたり。これ『傘にねぐら貸さふぞぬれ燕』といへる其角の句に拠り、前者と同じく発句に基きしなり」。そんなわけで、以来、不破・名古屋の芝居では、雲と稲妻とぬれ燕とが、曾我兄弟の歌舞伎芝居で衣装が蝶と千鳥のごとくに、定まった衣装となったという。お蔭で、この句はよく知られるようになったとか。いまでも俗に「鞘当」の名で知られる歌舞伎狂言『浮世《うきよ》柄比翼稲妻《づかひよくのいなずま》』の御両人の衣装は稲妻に濡れ燕。

……なんて話は、知識としては面白いが、句が示しているなんとも優しい情緒からは、端歌「濡れ燕」の一節のほうを覚えておいたほうがよろしいか。

「あけていはれぬ胸のうち、包むにあまる袖の雨、紋は三つの傘に塒貸さうよ濡燕」

色っぽいではないかいな。

❖雛やその佐野のわたりの雪の袖

この句にひと目送った瞬間、だれだって藤原定家のよく知られた和歌を踏まえているな、と見破れる。

駒とめて袖うち払ふかげもなし佐野の渡の雪の夕暮

『新古今和歌集』巻六、冬歌の部にある。雪の霏々《もやもや》とふる夕景色、その寂寥感は見事。とすると、其角俳句も冬の句とつい思いたくなる。でも、「三月四日雪ふりけるに」の前書もあり、ここはやっぱり華やかなお雛さまのほうに力点をおき、『新古今』と関係なく春の句としたい。

例によって例のごとく、自己流に解釈する。吉原で敵娼《あいかた》と昼から雛祭とシャレて、たっぷりきこしめした帰り道、隅田川のほとり渡し場あたりまでくると、雪がチラチラお白粉の香のしみこんだ袖にふりかかり、もう一度、思い返してしみじみと甘い情緒にたっぷり浸りきったことよ。

ところで、定家とくると『名月記』で、「紅旗征戎吾事に非ず」の名文句が浮かぶ。折しも源氏と平家との権力争奪にからんでの戦乱の世、そのような世上の騒擾《そうじょう》にはいっさい耳を傾けまいぞ、世の中の栄枯盛衰にはわれ関せず、われはわが道を行くのみ。その決意表明と思っていたが、定家の生き方を調べたら、あまりキリリとしたものではない。中納言（いままでいう閣僚あるいは次官クラス）の地位に昇ることを生涯の望みとして、やたらうろちょろうろちょろ、猟官《りょうかん》運動をやっている。この名言も出世の望みが失せてのいくらかヤケクソに近いのでは。眉に唾をつけて読む必要があると近ごろ思っている。

卯月・皐月・水無月

春日遅々

❖如意輪や鼾もかゝず春日影

すこぶる気にいっている句である。

如意輪とは如意輪観音さまのこと。仏教辞典などによると、如意輪は「車輪を持つ如意珠」の意で、如意輪観音とは、「車輪がどこへでも転がっていくように、意のままにどこへでも現れて衆生を救う」観音さま、ということになるらしい。

河内《かわち》の観心寺のご本尊や室生寺《むろうじ》灌頂堂《かんじょうどう》のご本尊や、この観音さまはどちらかというと福々しく豊満でござる。顔は一つと決まり、右足を立てそれを支えに片肘で頰杖をついている。その姿を其角は「鼾《いびき》もかかず」とあっさりと表現するのである。うまいもんだね、と感嘆するばかり。春風駘蕩《たいとう》、夢がうつつか、現実《うつつ》がゆめか、もうムッチリと豊かで穏やかなこの観音さんには、長閑な春の日がぴったりである。

と、わたくしの鑑賞は写真でお目にかかることの多い、ミメうるわしく、艶めかしい、ちょっと官能的な唇で、挑発的なあでやかさをもった観心寺の観音さんを、もっぱら思い浮かべてのもの。実物にはお目にかかったことはない。なにしろ秘仏中の秘仏。これを書きながらその写真を見直してみたら、パッとあでやかで、「春日影」とするより「春日向」とするほうがよいような感じがするが。其角の拝した如意輪さんは、どこの寺のご本尊であったのであろうか。

❖初桜天狗のかいた文みせん

前書に「一筆令啓上候《けいじようせしめ》と招れて」とある。天狗といい前書といい、何か古典を踏まえているな、ととっさに見当をつけた。まさしくわが推理は当たりて候であった。

すなわち、西谷のお使い僧が東谷へ花見招待の手紙をもってくることから始まる謡曲「鞍馬天狗」である。この謡曲は、ワキの東谷の僧が「なに〳〵西谷の花、今を盛とみえ候に、など御音づれにもあづからざる、一筆啓上せしめ候」とやるのである。そして「花咲かばつげむといひし山里の、つげむといひし山里の、使いは来たり馬に鞍、くらまの山のうず桜……」の名文句がつづく。悪ガキのころ観た映画で、京都近江屋の二階で坂本龍馬と中岡慎太郎を暗殺した六人の刺客が、何事もなかったように、「花咲かば」と詠じながら立ち去っていく。これがすこぶるカッコがよくて、この一節を夜道で朗々とやりたいと心から念じた。で、長じて宝生流門に入り稽古に通ったが、そこに達する前に「あなたは謡《うたい》よりも浪曲のほうがよろしかろう」と破門となった、ああ……。

其角は、早くも花が咲いたからという招待の手紙を貰ったが、いくら何でも早咲きにすぎる。きっと天狗からの招待状に違いない。ホレ、これがその手紙なんよ、と信じられないほど早く咲いた初桜を、「鞍馬天狗」を下敷きに大いに興じているのである。この奇抜な発想！　いかにも其角ならではの面白さである。

❖文はあとに桜さしだす使いかな

この文《ふみ》＝手紙は、余のものにあらず、文句なしに恋文ならん。一歩踏みこんで、吉原の花魁《おいらん》にあてたラブ・レターと見立てるともっと楽しくなる。しかも、恋文に似合う花を添えるというのは、『伊勢物語』や『源氏物語』や『枕草子』の世界である。絢爛《けんらん》豪華と形容するにふさわしい王朝の貴公子を気どって、其角は得意気にこの句を詠んだとみる。かんじんの手紙はあとにして、いまはとりあえず咲きそめた桜の一枝を。「一枝の春を贈る」といった風情であろう。

そも王朝時代の恋文なるものは和歌が主で、結び文にして、あるいは包み文にして、花の枝を添えて、文使いによって届けられる。花の枝（折り枝という）は、その時期のもの、文の中に書かれた歌にちなんだもの、または文の紙の色と合った花の枝が選ばれる。紫の紙には藤の花、うす藤には藤袴、紅には梅の花、エトセトラ。

歌人・尾崎左永子さんによると、『源氏物語』に登場してくる恋文の紙の色だけでも、紫、白、縹《はなだ》（青）、浅緑、紅、胡桃《くるみ》色、檜皮《ひはだ》色、青鈍《にび》、唐《から》の浅縹《あさはなだ》、空の色したる唐の紙、青摺《あおずり》、黒き紙などなどがあるそうな。こうなると光源氏も頭中将《とうのちゆうじよう》も薫《かおる》も、こりゃ折り枝を選ぶにも大そう気を配らなくてはならない。花の名をろくに知らないこっちは、貴公子たるも難し、というのが正直な話。

其角が選んだのは桜である。これなら拙《せつ》にだって出来申す。が、届けるべき相手がいないのを如何《いかん》せん。

❖あだなりと花に五戒の桜かな

参考文献に「あだなりと名にこそたてれ桜花年にまれなる人を待ちけり」という『古今

集』の古歌から思いついたもの、と説明されている。なるほど、と感心しながらも、前書に「折に殺生偸盗《せっしょうちゅうとう》あり」とあることから、文献を離れて勝手な想像をしてみる。爛漫《らんまん》と咲き誇る花を眺めて、だれか一枝折って持ちかえりたいと思わぬものぞなき。花の一枝を肩にしてほろ酔いで「鞍馬天狗」でも謡いながら、隅田堤をゆくものを、あるいは其角が実見したのでもあろう。とたんに仏教の五戒が頭をよぎり、それで早速にも一句というところか、と。

五戒《ごかい》とは、在家の仏教信者が守るべき戒《いまし》めである。不殺生戒〔生きものを殺さない〕、不偸盗戒〔盗みをしない〕、不邪婬戒《ふじゃいんかい》〔正当な夫婦関係以外の性行為をしない〕、不妄語戒《ふもうごかい》〔嘘をつかぬ〕、不飲酒戒《ふおんじゅかい》〔酒を飲まぬ〕がそれ。いまと違って、江戸の民衆のほとんどがこの五戒を承知していた。

しかし、艶《あでやか》な花に接しては、五戒なんて守っちゃいられない。殺生と偸盗の二戒はおろか、あとの三つだって、あだなもの、つまり無意味きわまる。花の下では五戒もへちまもあるものか、飲めや歌えや、ドンチャン騒ぎでいこうじゃないか。花を折ってもいいじゃないか。それがこの句の本意と解すべきである、と。

さらには、この花を美しき女性に置き換えれば、もっともっと其角らしいヒネリが鮮明となる。ああ、美形を前にしては、五戒なんかクソ喰らえである。

※まんぢゅうで人を尋ねよ山ざくら

さっぱり訳のわからない句である。蕉門の向井去来《むかいきょらい》は『旅寝論』で「この句は自賛といへり。然れどもその句意を聞けば、春花の間に遊んで、奴僕《ぬぼく》やうのものに饅頭をとらせて、誰を尋ね来るべしといへる句となん。さりとては言足らず」と評しているとか。其角自身は得意になっているが、その説明を聞いても全然要領を得ないというわけで、去来どのの意見に同感である。

で、この句には、元禄このかた解釈が千差万別。「下戸《げこ》は下戸仲間で集まって饅頭で花見せよ」、または「饅頭をとらせるほどに、われを尋ねてこい」、または「饅頭とは坊主頭のこと、そのクリクリを目当てに尋ねて来い」、または「堂塔の下の土台を饅頭がたとう。その饅頭がたの上に立って見渡せば、群衆の頭越しに花見ができる」などなど。肝腎の去来の解釈は「うまい饅頭をやるから、あの人を探してこい。どこかで花見をしているから」であるそうで、其角の自解に乗っているから、これがいちばん正当なのかもしれない。が、どうもシックリとこない。つまらない。

そこで、と勇み肌の兄ィとなって乗り出せば、この饅頭を、前田勇編『江戸語の辞典』の「饅頭＝舟饅頭＝隅田川の舟中で売春した女。一交三十二文」としたらどんなものか。駄目々々、すぐにあっちへ話をもっていくのは、お前の悪い癖だよ、と叱られるのがオチであろうか。

❖我奴落花に朝寝ゆるしけり

ウム、と唸ったきりで、待てしばし……と恰好つけてみても、手掛かりもなければ、いい知恵も浮かんでこない。お手上げのまましばらく頭の隅に放っておいた。ところがある日、『今昔物語』を眺めていたら、オヤオヤということになった。

巻二十四の第三十二「敦忠中納言、南殿の桜を和歌に詠む語《こと》」に、この句のナゾを解くカギが見つかったではないか。小野宮の大臣に「この南殿の庭に花の散りたる様はどうご覧になるかな」と問われた中納言は、「まことに趣もあり、面白く思われます」と答える。と、大臣「それじゃ歌に詠め」と催促する。やむなく中納言が衣冠束帯《いかんそくたい》の身繕《みづくろ》いを整えて、

とのもりのとものみやつこ心あらば
この春ばかりあさぎよめすな

と一首を詠んだ、ということの話である。訳せば「主殿寮の男たちよ、もし風雅の心あらば、落花の散りしこの庭を、今年の春はいつもの朝清め（掃除）をしないでほしいものだ」ということである。落花を詠みながら花の語を用いていないところが名歌とされているそうな。なるほど。掃除をさせないためには、下働きの掃除人に「今朝はいいから」と、朝寝させるがいちばんである。

わかってみればナァンダというわけであるが、それにしても学のある句である。いくらか理屈っぽいが、これはこれで、落花にふりつめられた庭の美しさを、あっさりと、かつうまく描きだしている。あざやかではないか。

❖雀子やあかり障子の笹の影

あかり障子とは現在の障子のこと。春の日をいっぱいに受けた障子に庭の笹の影が映って、ちらっと子雀の動く影も見えたと、ま、そんな明るく長閑な情景である。もっとも、その障子も洋式住居ばやりのこのごろはあまり見かけなくなった。風情のないことよ。

先達の本には、当時だれでも知っている『井蛙抄《せいあしょう》』にある故事を、其角が踏まえている名句、と書かれている。われらボンクラには見当もつかない。で、それに拠ることにする。

歌人で、『十六夜《いざよい》日記』の作者の阿仏尼《あぶつに》のところへ、歌人の藤原為氏が訪ねてきた。阿仏尼が「あかり障子で一首あそばせ」ともちかける。為氏がしぼりだしたのが、

古《いにしえ》の犬きがかひし雀の子
　飛びあがりしや憂《う》しと見るらん

犬きとは『源氏物語』若紫の巻に出てくる雀の子を逃がした女の子の、寵愛の雀の子の名である。寵愛の雀の子が逃げたので悲しんで泣く若紫（のちの紫の上）を垣間見て、光源氏はぞっこんとなる。為氏はその話を踏まえ、「飛びあ、か、り、し、や、う、し」と「あかり障子」を歌に詠みこんでいる。見事な芸である。

其角はその話をさらに踏まえて、あっぱれな学才を仄《ほの》めかしている。あざやかなり。これでお終《しま》いでは、他人の褌《ふんどし》で相撲をとっただけのこと。「障子に鳥の影が走ると佳人が来る」というおまじないも其角は踏まえている、とやりたかったが、スペースがない。残念至極《しごく》なり。

❖柳寒く弓は昔の憲清や

まずは、何のことやら、突破口すら見つからぬ思いである。あちゃこちゃ引っ掻き回して、憲清が別名で、正しくは義清《のりきよ》とわかり、俄然、勢いづいた。すなわちムカデ退治で有名な俵藤太秀郷《たわらとうたひでさと》から九代目の子孫、鳥羽上皇に仕えた北面の武士、人並み優れて弓馬の術に長《た》け、兵法にもよくし、その上に眉目秀麗を謳われた佐藤義清、つまりは、のちの西行法師である。これでたちまち「弓は昔の」の始末はつく。

この義清は二十三歳にして世を捨てて出家とある。川柳にも詠まれている。「北向きの武士《もののふ》やめて西へ行き」（柳樽五五）。何故か、侃々諤々《かんかんがくがく》の論がいまもって闘わされている。友の死、仏道への帰依、失恋、いや漠然たる無常感、いや動機なき遁世、と碩学や野次馬が言いたい放題で、収拾がつかぬ。

とにかく若すぎる。剃った頭が青々としていたことであろう。われ二十三歳のころは、向島の芸者にぞっこんとなって酔生夢死で、毎日が躍動していた。と、いらざる余談にうつつを抜かしている余裕はなかった。「柳寒く」の探偵報告がまだであった。

さて、と沈思黙考の要もない。あっさり謎が解けた。

道のべに清水ながるる柳かげ
　しばしとてこそ立ち止りつれ

とは、西行の有名な句である。芭蕉の『奥の細道』にも出てくる歌枕、奥州芦野の柳を詠んだもの。其角の句はそれを踏まえ、風にしなるる柳を弓と見立てたものか。

❖ねこの子のくんづほぐれつ胡蝶哉

まことにわかりやすくて、かつ楽しい句である。余計なことを何も考えなくてもいい、と決めていたら、世の中には不要の知恵を不可思議にめぐらす癖のある御仁がいる。組んずほぐれつしているのが、猫の子と蝶々であると頑強に言い張るのでござる。これにはびっくりして腰の蝶番《ちょうつがい》がガクガクとなった。まだ乳をのんでいるほどの可愛い子猫同士が、家中を毬のように転がりながら、上になり下になりして戯れ合っている、そこへ蝶々がひらひら飛んできた、そんな春の日の一景と、どうして素直に受け取れないのか。まったく人生いろいろ、読解力いろいろである。

話題を変えるが、ちかごろ野良猫二匹を半分は家猫のごとくにして飼っている。母親チャリンとドラ息子ポコで、無邪気に戯れるどころか、蝶が頭上でひらひらすればすぐ飛びかかってムシャムシャするような獰猛《どうもう》な連中である。春生まれの猫は蝶をとるからチョコといい、夏生まれの猫は蛇をとるからヘコとよび、冬生まれの猫は鼠を捕らえるからネコと称す、とそんな俗説をガキのころ教えられた。その伝でいけば、わが家の二匹は腕ききのハンターで、チョコヘコネコということになる。それにしても、猫とは可愛い生きものであるな。そして人間にベタベタしないで自己本位であるところがいい。ゆえにこの句の長閑さがこたえられない。これも老骨になったためか、とやや呆れている。

❖春の夢胡蝶に似たり辰之助

季語は「胡蝶」で春。と、そこまではだれにでもわかるが、実は元禄十四年の『焦尾《しょうび》琴《きん》』のなかの「古麻恋句合」のなかの一句。古麻すなわち猫で、するとこれは「猫の恋」の句なんであるという。いったい、どこに猫がいるのやらとんと不可解になってしまう。謎を解くカギは考えるまでもなく辰之助にある。調べてみたらこれが簡単に出てきた。

元禄中期から末期のころの人気役者、水木辰之助と判明する。今日でいえばスターの女形である。松崎仁さんの好著『元禄演劇研究』によれば、市村座の顔見世狂言「四季御所桜」が大当たり。お姫様が恋した男がなんと実の兄。そうと知って落胆し死ぬほどの哀しみ。ところが、猫の世界では兄妹でも恋するのをみて羨み、お姫様はついに猫となって胡蝶に狂う。この唐猫の踊りが天下一品で、江戸中の喝采を浴びたらしい。

「これを辰之助がねこの狂言とて、むかし人の、のちのちまで語り草にせしとぞ」で、この句はただちに恋猫の句と江戸の人にはピーンときたらしい。こっちには全然ピンもポンもこなかった。松崎さんの本にゆき当たらなかったら、多分永久に珍紛漢紛。ヤレヤレ、わかってほっとしたよ。

❖富士の朧《おぼろ》都の太夫見て誉めむ

ある雑誌の「新日本三景」のアンケートに答え、①隅田川の橋くぐり、②天草灘の落日、そして『『並ぶものなき秀容』(ヒュースケン)、『崇高な姿』(ハリス)、『優美と荘厳さの融合』(チェンバレン)、そのほかパークスやアーネスト・サトウたち、来日の外国人がヤンヤと讃えたフジヤマ。陳腐なれども、やっぱり挙げなければならぬ」と理由づけて、③乙女峠から眺めた富士山を選びだした。

ところで、其角と同時代の元禄時代に、富士山を眺めた外国人がいたことに、いまフト気づいた。エンゲルベルト・ケンペルというドイツ人の医師。元禄三年（一六九〇）にオランダ人になりすまして鎖国日本に上陸している。そしてその翌年の三月十日、東海道は吉原あたりで、春は朧の富士山の雄姿を仰ぎ見ている。その旅行記である『江戸参府旅行日記』（斎藤信訳、平凡社東洋文庫）で勘どころを読むことができる。

「……その姿は円錐形で左右の形が等しく、堂々としていて、草や木は全く生えていないが、世界でいちばん美しい山と言うのは当然である。……大抵の季節には白い雪のマントを着ていて、次第に夏の暑さがつのるとたくさんの雪がとけるが、……一番高い山頂にはいつも雪が残っている」

さて、其角俳句の「都の太夫」をケンペルと置き換えて鑑賞すれば、それまた一興というところならん。

ついでに一言。富士山が見える日本本土の最遠のところはどこか。これが三百二十三キロ離れた和歌山県の色川富士見峠。知っていても何にもならないが。

❖かげろふにねても動くや虎の耳

これには「四睡図」という前書があるので、とりあえず見当はつく。絵画の題材としての四睡とは、「在るもの皆睡につき、天地静寂、禅界の妙悟証空の帰着を示せるものを図に表したるなり」と、『画題辞典』にある。豊干《ぶかん》禅師と寒山《かんざん》と拾得《じっとく》と虎とが眠っているのを描くのを通例とする。ときに、羅漢、侍童《じどう》そして龍と虎とがぐっすり、という四睡図もあるという。どっちにしても虎はかならずいる。と知ったかぶりで書いたものの、いまだ一度も現物の画にお目にかかったことはない。狩野探幽の描くところの四睡がいちばん有名なそうな。

其角は、とにかくだれかの描いた四睡図をシッカと目にしてこの句を詠んだに違いない。ただし、実際の虎を動物園なんかで自由に見るわけにはいかない時代である。陽炎《かげろう》のようなかすかな気配にも、眠っていながらピクピクと耳を動かすなんて、知りようもないはずで、おそらく眠っている猫の生態でも想いだしながらの作ならん。わが家の野良猫どもも実にグウグウやりながら、耳を動かしている。それにしたって、猫をもって虎に替える其角の才力はあっぱれである。

ただし、豊干禅師は寒山拾得の師匠ゆえ、三人が一緒にいるのはわかるが、なぜいつも虎がいるのか？　なんて問われても困る。この件は聞かないでほしい。

❖越後屋にきぬさく音や衣更

『江戸名所図会』には、日本橋のところに、「駿河町　三井呉服店」と題した挿絵がでている。道路をはさんで二階建ての商店がならんで、その軒先の看板には「呉服物品々　現金　掛値無」と大書されている。当時の常識を破って現金掛値なし、反物の切り売りOKの商法が大当たり。なんのことはない、『図会』に描かれたこの通りが全部越後屋なんで、よくよく繁盛したことがわかる。

言うまでもなく、越後屋とはいまの三越百貨店の前身なり。越後とあるから、わたくしも縁のある新潟県の出と思ったら大間違い。少しくわしく書くと、豊泉益三著『越後屋覚書』にこうある。「三井三郎左衛門俊次といふ人伊勢松坂より出でて、京都に開店し、江戸に呉服屋を始む。その弟に八郎兵衛高利あり、寛永六年、十八にして家兄の開始したる店舗を監理す」。なんだそうで、伊勢の人であるこの三井八郎兵衛の祖父が越後守《えちごのかみ》と称したサムライであったことに発するそうな。残念でした。

句はよく知られた其角俳句の一つ。初夏の衣更《ころもが》えのころのひんやりとした空気のなかで、越後屋の手代たちが客の注文に合わせて、切り売りのために絹をキュッと裂く音が響くのである。まことに爽やかな味がある。とみるのは表の意で、裏にはおなじみの「きぬぎぬの別れ」の情緒がひそませてある。其角の芸の細かいところ。多分、吉原からの帰りの朝にでも、其角は日本橋の越後屋の店先を通りかかり、まことに身も引き締まるような絹裂く音を聞いたのであろう。そう解さなくては面白くない。

❖六尺も力おとしや五月雨《さつき》

シトシトと長雨が降り、湿度も気温も無茶苦茶に高い梅雨のころは、鬱陶しくてやってられない。仕事に精出すかと空意地を張ってみても、たちまちヘナヘナとなって止アめたとなる。其角の時代でもいまでもさして変わらない。

で、問題は「六尺」である。私は中学生時代は水泳の平泳ぎの選手で、新潟県下で大いにその名を高めたものであった（ホントですぞ）。腹ペコペコの終戦直後で、ちかごろのようなシャレた水泳パンツなどもちろんなかったから、六尺の赤フンドシをキリリと締めて練習に試合に、応援の女性の黄色い声を浴びながら（ここはウソ）奮闘努力したものである。よく頑張ったものよ、とわれながら思う。

其角俳句は、まさか水泳の選手がいるはずはないから、江戸時代で六尺のフンドシを締める輩《やから》となると、これはもう駕籠かきや隅田川の船頭にきまっている。かれらのユニホームで、しかも六尺のフンドシは男一匹たることの証明でもあるんである。句意は、そんな威勢のいい連中も、梅雨の季節には青菜に塩でケチョンとしているの図。

ついでに書くと、三尺物という言葉がある。博打《ばくち》うちを主人公にした小説や芝居をいう。捕り手に帯を摑まれたとき、結び目を前にしておいてパッと解いて逃げられるように、博打うちは一重廻しの三尺帯をしていた。この三尺帯を略して三尺といったのである。

❖桐の花新渡の鸚鵡不言

前書に「長崎屋源左衛門家に紅毛来貢の品々奇なりて」とある。長崎屋とは江戸は日本橋本町にあったオランダ宿で、珍しい輸入品を商っていた店という。ついでに書くと、『東京案内』(明治四十年＝一九〇七刊)によると、「本町より横山町に至るまでを本町通りと呼ぶ。古へより豪商富價の聚《あつま》る所にして、諸問屋多く家屋も塗屋土蔵の類多し」とあるように、江戸開闢《かいびゃく》いらい屈指の商業街であった。

もう一つ、ついでに書くと、古来、日本にはやたらと外国産の鳥が持ちこまれている。とくに遠く南方から運ばれてきたオウムは大の人気者であったらしい。『枕草子』第四十一段で「鳥は」として、清少納言が人の言葉を真似するオウムをいちばん好きだと書いている。江戸時代には見世物小屋で高い木戸銭をとってオウムを見せ、江戸っ子の好奇心をすこぶる満足させていた。「異国から来ても鸚鵡は江戸言葉」という江戸川柳があるところをみると、はたしてオウムが「べらんめえ」をくっちゃべったのかもしれない。「はばかりながら、あっしァねえ、ホーランドの生まれよ」なんてね。

ところが、句の鸚鵡ときたら「不言」、「モノイワズ」とよむ。『史記』にいう「桃李もの言わざれど下自ずから蹊を成す」の「不言」である。つまり黙りこくって何も言わない。愛嬌のないことよ。しかし、長崎屋の庭の白い桐の花に配してみると、こやつはなかなかに美しいではないか。

❖せになくや山時鳥町はづれ

前書に「林中不レ売レ薪」とある。さらば、この由緒ありげな文句の出処は何か？　朝から書庫のあちこちを尋ね回って、日も西山に傾ぶくころやっと見つけた。古典『淮南子《えなんじ》』斉俗訓《せいぞくくん》にある。林中には薪になる木がいっぱいあるから薪は売れっこない。要するに、物の沢山あるところでは同じ物を売ることは愚の骨頂である、という教訓。なるほど、なるほど、と苦闘の果ての大いなる満足感を味わった。

其角俳句も、右にあてはめれば、意味おのずから明らかである。町はずれにいけば、ホトトギスの鳴き声なんか珍しくない。それでもお前は鳴いてみせるというのか。

とホッとしたあとで、「せになくや」とは何ぞや、がやたらに気になりだした。これまた何か古典を踏まえているのか。なにしろ相手は其角どのである。一筋縄ですますわけにはいかないぞ、という想いである。まったく世話のやけるおっさんである。

ホトトギスなら西行か、で、歌人宮柊二さんの『西行法師の歌』で答らしきものを見つけた。『新古今集』にあるという。「聞かずともここをせにせむほととぎす山田の原の杉の村立」がそれ。宮さんの解説『せ』は『瀬』で、その場所の意、聞く場所である」。で、西行の歌も其角の句も、とにかくここを聞く場所と決めてホトトギスの鳴き声の聞けるのを待ってみよう、という意味になる。ヤレヤレ。

❖時鳥あかつき傘を買《かわ》せけり

紛れもなく吉原帰りの句である。廓《くるわ》から帰ろうとする暁方、折からぱらぱらと降り出した空に、ほととぎすの鳴く声が聞こえた、というのである。当時の吉原にはにわか雨のときに傘や木履《ぽっくり》を売り歩く商売屋があったという。で、其角は禿《かむろ》を使いにやって傘を一本買わせたのであろう。

ところで、ほととぎすの鳴き声である。いろいろな人に尋ねてみたが、ハッキリした答は出てこない。ある研究者によれば、ホトトギスト、ホトトギストと六音つづけて鳴くから、その名がつけられたという。時鳥《じちよう》、杜鵑《とけん》、子規《しき》なども、その鳴き声から字が当てられている。シキシキシキと聞こえた人もいたんであるな。

万葉の昔には、霍公鳥と書かれたりしている。この霍公も音《おん》がカッコウ、鳴き声からきている文字で、郭公《かっこう》もまた然り。あるいは特許許可局とか、テッペンカケタカとか、テッペンハゲタカとか、ホゾンカケタカとか。

いまはまったく耳にすることもないが、昔は梅雨のはじまりのころ、東京の下町ではよく聞くことができた。悪ガキであったころに、隅田川の東の空で聞いたそれは、フジョキョ、キョ、キョッであった。漢字を当てれば不如帰去に近く近く、また「裂帛《れっぱく》」と形容されているように、絹を裂くときの鈍く烈しい鳴き声、と記憶している。

さて、其角が隅田川の西の吉原で聞いたのは……？

❖六阿弥陀かけて鳴くらん時鳥

江戸時代から大正にかけて、江戸（のち東京）では春・秋の彼岸のときに、後生を祈願して巡拝すれば御利益があると、手甲脚絆《てっこうきゃはん》の婆さんたちの六阿弥陀詣でが盛んに行われていたという。永井荷風の随筆「放水路」にも、六阿弥陀詣でをしようと出かける話が載っている。そも六阿弥陀仏の謂《いわ》れは、ヤレ行基《ぎょうき》上人が彫ったのだの、姑にイビられた姫が堪えきれなくなって川に身を投げると、腰元五人があとを追う、殉死である、その供養のために作られただの、その他いろいろある。

いま六阿弥陀詣でをしたいという奇特な方のために――一番は北区豊島二丁目（王子駅の北約十五分）の西福寺、イビられた姫を供養する。二番・足立区江北二丁目（江北橋の近く）の恵明寺、三番・北区西ヶ原一丁目（古河庭園の隣）の無量寺、四番・北区田端一丁目（田端駅の南約五分）の与楽寺、五番は台東区池之端にあった常楽院であるが、戦災で焼けて調布市へ移る。寺と関係なく中華料理店「東天紅」の裏手に阿弥陀仏が祀られているから、それで間に合わす。六番・江東区亀戸四丁目（亀戸駅の北約十分）の常光寺で、それぞれ殉死したという腰元の出生地にちなんでいる。

これでみると相当の広範囲で、其角の句の時鳥は、季節外れにぐるぐる江戸の郊外を飛び回ったものとみえる。まことに信心深いことよ。

❖阮咸が三味線しばし時鳥

阮咸《げんかん》とは、中国の晋の時代（三世紀ごろ）の「竹林の七賢《しちけん》」のひとりの阮籍《げんせき》の甥で、ご本人も七賢のひとりになっている。七賢とは、世俗の欲望や妄想をすべて捨て、世の動きに背をむけて意のままに生き抜いた人びとである。ただし、のんびりしていたわけではない。政治権力を嘲笑して恐れることなく大いに批判していた。それで川柳を引くと、「七賢はどれも一《ひ》と節《ふし》ある男」（柳樽五四）というわけである。

七月七日の虫干しの日に、まわりが派手な着物の虫干しをしているときに、阮咸はわざわざふんどしを何十本も竹竿に掛けて、庭にさらして乾かした、という話が面白く伝えられている。ヘソ曲りの点では、叔父を超えている。とにかく一貫して毀誉褒貶《きよほうへん》にソッポをむいた拗《す》ね者で通した。それができたことは羨ましいの一語につきる。

しかも阮咸はけたはずれの大酒飲み。「耽酒浮虚《たんしゅふきょ》」と評されていた。さらにその上に琵琶の名手というから、其角好みの人といえようか。いま正倉院の御物の中に、「阮咸」という楽器が納められている。月琴ともよばれる弦楽器で、それが阮咸の創案にかかると伝えられている。阮咸がいかに琵琶の名手であったかがわかる。

そこで、其角は楽器を三味線に換えて、オヤ、ほととぎすが鳴いているよ、「しばし三味を弾くのを止めよ」と、遊蕩の気分をうまく句に詠みこんだ。もちろん、句の阮咸が「音丸」とか「花奴《やっこ》」とか「うの花」とか、そこにはべる美しきおなごに擬したものであることは書くまでもない。

◇蚊をやくや褒姒か閨のささめ語《ごと》

夏の夜の閨《ねや》に甘ったるい気配がある。それは四畳半のそれといったらいいか。とにかく脂粉《しふん》やら汗の匂いやらがまじって、べっとり肌にはりつくような濃艶な寝室なんである。夢中のときは気づかなかった蚊がぷーんときて、あわてて蚊遣りをいぶす。と、モクモクと立ち昇る煙から……狼煙《のろし》を揚げると喜んで笑ったという中国の傾国の美女褒姒《ほうじ》へと、たちまち幻想は飛んでいくのである。いやぁ、見事な発想である。其角が二十三歳のときの作という。いくら愛し合っても、いや、逆立ちしたって凡夫凡妻にはつくれない。

褒姒とは、まったく笑わない周の幽王の寵姫《ちょうき》である。とびきりの美人。あるとき、外敵侵攻を知らせる狼煙が間違って打ち揚げられた。スワ一大事と、諸侯が都に駆けつけたが、何事もないので一同ポカン。それがおかしいと、笑ったことのない褒姒が笑いころげた。初めて笑顔を見たよと幽王はこれを大喜び、以後もなにかにつけて狼煙を揚げて褒姒の機嫌をとった。はじめはそのたびに駆けつけていた諸侯も、馬鹿々々しくなる。ために、ほんものの外敵が攻撃してきたとき、狼煙が高々と揚がったが、誰も駆けつけて来ず、幽王は殺され、褒姒は虜《とりこ》になり、結果として周王朝は滅びた、まさに傾国の美女、という話なんである。司馬遷『史記』の「周本紀」にある。

もってこれが奇想天外の名句であることが知れようか。

❖蚊は名のりけり蚤は盗人のゆかり

「自慢高言は馬鹿のうち」、されどちょっと鼻のあたりをうごめかして書かなければならない。一見してただちに、『枕草子』だよ、これは、と断定した。書庫の清少納言に久し振りでお会いしてみたら、まさに図星。学生のころ、池田亀鑑先生にみっちり仕込まれたゆえならんか。

すなわち二十八段の、「にくきもの」にある。

「ねぶたしとおもひてふしたるに、蚊のほそごゑにわびしげに名のりて、顔のほどにとびありく。羽風《はかぜ》さへその身のほどにあるこそいとにくけれ」

というわけで、蚊のほうの名乗りの始末はついたが、蚤《のみ》のほうはいまのところ見当もつかぬ。かなりの汗をかいたのであるが、すべて空振り。そこで原典なんかなく、其角の創作かも知れない。とすましてしまい余談を一つ。

いま蚊だけがわずかに踏ん張っているが、その昔、夏の嫌な奴の四天王は、蚊、蚤、虱《しらみ》、南京虫ときまっていた。ところが、そやつらを平気で飼っていた人がいる。越後の良寛さんである。ムズムズしてくるような話が残っている。とくに虱を愛し、ときどき何匹か衣服からひねり出しては、紙の上で競走させて楽しみ、レースが終わると、一匹残らずわが身に戻したというのである。そのあとの良寛の歌がいい。

のみしらみ野に鳴く秋の虫ならば
　わがふところは武蔵野の原

❖しばらくは蠅を打けりかんたいし

其角著『華摘集《はなつみ》』にある句。何んだい、これは、と〝?〟だけの句である。ただ前書に「仏骨表《ぶっこつひょう》」とある。それで「かんたいし」が、唐代の李白、杜甫、白楽天とならぶ四大詩人の韓愈《かんゆ》、字が退之《たいし》であるとわかる。この詩人なら名作があるし、日本人好みの名言もある。「肝胆相照《かんたんあいて》らす」がそれ。「乾坤一擲《けんこんいってき》」もかれの漢詩の一節から出ている。「誰か君主に馬首を回《めぐ》らすを勧めて／真に一擲乾坤を賭するを成せる」である。憲宗なれど、自分の仕える唐の憲宗に出した「仏骨を論ずるの表」がいちばん有名か。憲宗が仏骨を迎え、諸寺に送ったことに、儒教を信奉するこの詩人はきびしく抗議する、「政道に益なし。仏教は邪教にすぎず、仏骨などは水火に投ずべきである」と。これが帝の逆《げき》鱗《りん》にふれて、はるか南の、蠅や蚊の多い潮州に左遷される。このときにかれのつくった詩「雲は秦嶺《しんれい》に横たわって家何《いづ》くにか在る／雪は藍関《らんかん》を擁して馬前《すす》まず」を、失意のときにわれとわが心を慰めるために高誦する友がいる。

で、其角俳句であるが、自分の運命を左右する諫言《かんげん》を書いているとき、韓愈もさすがにとつおいつ考えながら、ブンブン飛び回っている蠅を叩いている、というところか。それとも憤懣《ふんまん》やるかたなく、左遷された地で蠅叩きでも振り回しているの図か。

❖此碑では江を哀《かなし》まぬ蛍かな

前書に「こまかたに舟をよせて」とある。

「此碑《このひ》」とあるのは、元禄六年（一六九三）に浅草寺が建てた「戒殺碑」のこと。いまもその何代目かの損傷いちじるしい碑が、駒形橋の西のたもと、駒形堂の脇に立っている。すなわち、ここから上流、待乳山《まつちやま》聖天《しょうてん》さまあたりまで（昔はこの約一キロほどの川筋を宮戸川または浅草川と呼んだ）の、漁労を禁じたものである。殺生禁断は仏教の有難い教え、ま、当然といえばいえるけれども、どうやら貞享四年（一六八七）一月の五代将軍綱吉の、世界に冠たる珍にして奇なる悪法「生類《しょうるい》憐れみの令」に便乗したものらしい。

とにかく綱吉が亡くなるまで二十二年間、江戸市民はホトホト難儀をした。句はそんな愚劣な時世にたいする其角の抗議が裏に秘められていると、わたくしはみている。蛍の飛んでいる川はまこと天下泰平。が、この殺生禁断の碑のお蔭で何となく不景気で、川の流れを眺めながら哀れを感じないのは蛍だけ、ともいえるんじゃないの、と。

しかも、「江を哀《かな》しむ」は中国の詩人杜甫の「哀江頭」を踏まえている。夷狄《いてき》に荒らされた長安の都の曲江の畔に立って、その悲哀をうたった名詩である。

「人生有情、涙、臆《おく》（胸のこと）を沾《うるお》す／江水江花、豈終極あらんや」

其角もまた、同じ嘆きを嘆いているのである。

余談なれど、隅田川を昔は大川とよんだ。されど正確には吾妻橋の下流が大川であって、宮戸川とちょっとダブったところがあるが、時代小説を書こうと思う人はご注意を。

❖楊貴妃の夜はいきたる松魚かな

松魚《しょうぎょ》は鰹のこと。昨今はいつでも食べられるから、素堂の有名な句「目には青葉 山郭公《ほととぎす》初鰹」の有難みもとんと薄れた。昔は、晴れ着を質に入れても初鰹を賞味するのが江戸っ子の美学とされていた。太平洋で獲れた鰹をその日のうちに江戸へ運んでくるのも大仕事、左右に八挺櫓（八人で漕ぐ）をつけた快速船で、日本橋の魚河岸までエッサエッサと漕ぎつけてきたものであった。

と、ここでクレオパトラ、小野小町と並ぶ世界三大美人のひとりの楊貴妃の登場である。白楽天は『長恨歌』でその豊満美を褒め讃える。流れ出る汗は、つねに芳香を放っていた。春寒のころ、長安郊外の華清池で温泉に浴したときは「温泉、水滑らかにして、凝脂《ぎょうし》を洗う」で、桜色に染まったムッチリ脂ののったグラマーな肉体をさらけ出す。しかも、湯疲れしてぐったりと「侍女扶《たす》け起こせば、驕《きょう》として力なし」なんて、デレーッと、アッパレな嬌態をみせつける。男はもう堪ったものじゃない。で、玄宗皇帝は貴妃を知ってから「これより君王は早朝せず」、つまり朝早くから朝廷に出て仕事することはなくなった。国家の衰退は当然である。ちなみに、豊満型が美女の標準とされたのは中国史上で唐の時代だけ。不可思議なことなり。

さて、夕方に河岸から上げられたばかりの脂ののった鰹は、さながら湯浴み後の夜の化粧もすましして出てきたムッチリ美人の如し、どっちも水際だってピチピチしている、と謳いあげる。こっちは思わず舌鼓を打ってしまう。

❖羽ぬけ鳥鳴音ばかりぞいらご崎

前書に「十七日、いらごの杜国《とこく》、例ならで、うせけるよしを越人より申きこへける。翁(芭蕉)にもむつまじくて、鷹ひとつ見つけてうれし、と迄にたづね逢ひける者を、おもひあはれみて」とある。芭蕉門弟つまり同門の「杜国死す」の知らせを受け、痛哭《つうこく》して詠んだ悼句《とうく》、と書けばそれですんでしまう。が、なんとなくそれで終わりにはしたくない。

なぜならば、芭蕉と杜国との間には単なる師弟だけではすまされない、曰く言いがたいねっとりとした関係があったように、わたくしは推察しているからである。其角もとくとそのあたりを存じていたのではあるまいか。前書にそれをきわどく匂わせている。芭蕉贔屓には「師弟を超え年齢を超えて魂を触れ合った、ただ一人の心の友」なんて説く朴念仁の方もおられるが。

逢いたくて身を焦がしていた師匠が、伊良湖岬に近い保美に幽居していた愛しき弟子にやっと会って、岬見物のさいに、「鷹一つ見つけてうれしいらご崎」と詠んだ。この鷹は、やっと巡り会えた杜国のこと。この有名な句をもじっての其角の皮肉な笑みが窺われる。其角ばかりではない。同門の舎羅《しやら》にも芭蕉と杜国の間を羨ましく思い、追悼した句にこんなのがある。「おもふ人に釜ぬかれたる月夜かな」。こっちのほうが皮肉は利《き》いているね。

❖短夜を吉次が冠者に名残かな

「うとくなる人につれて参宮する従者にはいなむけし」と前書がある。「うとく」有徳な人、転じて富裕な人。その人の供として伊勢参りにゆく若者に贈られた句である。

吉次とは『義経記』にある。「その頃三条に大福長者あり、名をば吉次信高とぞ申しける。毎年奥州に下る金商人なりけるが……」、つまりこの金商人で、平家一門のきびしい監視の目をぬすみ、鞍馬山の牛若丸を無事に奥州に落とした金売吉次のこと。途中、美濃赤坂で牛若丸を元服させて源九郎義経と名乗らせる話も有名である。

この人を句では金持の異名にしている。その「吉次の冠者《かじゃ》」となれば、富裕な主人の供の元服したての従者ということで、ご両人とも源氏の御曹司に関連する物語の人物にされて、さぞや旅立ちもいい心持になれたのであろう。

こんな難解な句がわかるなんて、元禄の江戸町民の教養のレベルの高さが知れる。偉いものである。さらに短夜と名残がうまく照合し、いっそう送別の気分を深まらせている。招かれて大そうゴチになって頼まれた句ながらさすがにうまいもんである。

ちなみに、『義経記』は義経伝説を集大成した大衆小説で、『吾妻鏡』など信頼できる史料に金売吉次は存在しない。『平家物語』にはちらり、『源平盛衰記』となると義経は奥州に赴いてすらいないのである。余計なことながら。

文月・葉月・長月

よくぞ男に
生まれけり

❖夕すゞみよくぞ男に生れけり

「根岸の里の侘び住まい」「時計ばかりがコチコチと」と、上五に季語をつければ佳句らしくなる下七五のきまり言葉がある。この「よくぞ男に……」も仲間入りできそうな名文句かもしれない。かつての日本は男の天下、素っ裸になろうが屁をこころが、まこと男には住みよい国であった。解説なしでこの句のよさがしみじみとわかる。

ところで江戸時代の夕涼み。野村胡堂『銭形平次捕物控《とりものひかえ》』「鬼の面」を読んでいたら、こんな文章にぶつかった。

「五月二十八日は両国の川開き、この日から始まって八月二十八日まで、両国橋を中心に、大川の水の上が、江戸の歓楽の中心になるのです。

わけても五月二十八日の夜は涼み船は川を埋め、両岸には涼みの桟敷《さじき》を列ね、歌と酒と歓呼と鳴物との渦巻く頭上に、(中略)大花火が、夜半近くまでも、ひっきりなしに漆の夜空に炸裂して、江戸の闇に豪華極まる火の芸術を鏤《ちりば》めるのでした」

こんな具合に江戸っ子にとって夕涼みは、連夜のお祭りにひとしいものであったらしい。

大川（隅田川）で「歌と酒と歓呼と鳴物」で豪華にやれない貧しい連中も、家の外に縁台をだして午後十時（亥の刻）ごろまで賑やかにやっていた。そこへ門づけが新内《しんない》、常磐津《ときわづ》、清元を流してくる。それを呼んで近所合壁の男どもがうっとりと聞いたものであったという。其角俳句は、川の上の屋形船なんかでなく、裏長屋の、イキな兄《あ》んちゃんたちの威勢のいい啖呵《たんか》を詠んだものであろう。

❖涼風や與市をまねく女なし

前書によると、ある豪商から戦《いく》さ絵を描いた扇に「讃をしてくれまいか」と望まれた。戦さと扇からの咄嗟《とつさ》の連想で、スラスラとシャレたものらしい。與市とは申すまでもなく源平争覇の屋島の戦いの那須與一（ふつうはこう書く）。平家の方より漕ぎ出した小舟には、若く艶やかな女が乗って、竿に挟んだ扇を舟棚に立てて「これを射よ」とばかりにさし招く……。『平家物語』でご存じの名場面である。ただし、この古典によれば、頃は二月なかば、ということになる。

いっぽう其角の句は、季語が「涼し」で夏。扇は夏のものということであっさりやったものとみえる。其角は、お話としては「南無八幡大菩薩」と祈った屋島の那須与一の名人芸は存じていたが、合戦の正確な季節までは、さてさて注意がいかなかったのか。と考えるのは浅墓もいいところで、真の狙いは「まねく女なし」にある。

すなわち、くそ暑い一日が暮れて夕べの涼風が立った。途端に、こよなく脂粉の香が恋しくなり、気持は逸りに逸る。なのに、この俺を待っててくれる美形がいないとは！

『平家物語』は与一の射た矢が扇に命中したところをこう書いている。

「扇は空へぞあがりける。しばしは虚空にひらめきけるが、春風に一もみ二もみもまれて、海へさつとぞ散つたりける」

されど、わが色っぽい妄想も涼風にぞ散ったりける。基角の無念、そんなところか。

❖夏の月蚊を疵《きず》にして五百両

中国は宋の詩人蘇軾《そしょく》の有名な詩「春夜」を想起すれば、ただちにこの句のウィットが感得される。

「春宵一刻値千金／花有㆓清香㆒月有㆑陰／歌管楼台声細細《さいさい》／鞦韆《しゅうせん》院落夜沈沈」

まことに名詩で、春の宵の浮き立つような甘い心持を伝えて間然とするところがない。「シュウセン・インラク・ヨル・チンチン」なんて、いまだってたそがれの公園でだれも乗っていないブランコを見ると不意に口を突いて出てくる。「ホンニ価い千金だなあ」と。少年時代に叩きこまれたものは、老残となっても脳漿にきちんと畳みこまれているとみえる。やはり「鉄は熱いうちに打て」であるな。

其角俳句である。歌舞伎『楼門五三桐《さんもんごさんのきり》』で石川五右衛門が「絶景かな、絶景かな、春の眺めは価千金とは小せえ、小せえ」とやっている。それに合わせれば、「夏の夜の中天に昇る月のでっかさ、明るさよ。眺めは千両といいてえところだが、むらがる蚊のやつらめのうるささよ、こいつぁ五百両を引かずばなるめえ」というところであろう。

実のところ、江戸の下町には蚊や蚤や蠅がすこぶる付きで多かった。とくに藪っ蚊の横暴には我慢ならないところがあった。松浦《まつら》静山《せいざん》『甲子夜話《かっしやわ》』には「予が江東の隠居は蚊ことに多し。夏は晨夜にはこれがために看書執筆を廃するに至る」とある。お蔭で蚊帳は庶民には欠かせない夏の調度であった。「蚊帳一重でも夜ばいにはきつい邪魔」、単なる洒落にすぎない其角俳句はこの古川柳と同じ心を詠んだものか。しっぽり濡れようとしているときに蚊がプーン……。

❖鬼灯のからをみつゝや蟬のから

「妓子萬三郎を悼みて」と前書があり、「折釘にかつらやのこる秋のせみ」の句と並んでいる。萬三郎は歌舞伎役者村山萬三郎のことらしい。その死を悼んでの句である。季語の蟬の脱け殻は虚脱感というところか。折釘にかかった鬘《かつら》には、華やかな舞台姿も見られなくなった哀感が滲み出ている。

ところでこの句が『今昔物語』巻二十二の第六「堀河の太政大臣基経の語《こと》」にある和歌を踏まえている、と捜索の結果わかって、アッと驚き、へェーと感服した。栄耀栄華を一身にあつめた太政大臣藤原基経どのも寿命つきてあの世へと旅立って、基経創建の京都伏見区にある深草極楽寺に、遺骸が厚く葬られた。その夜、勝延僧都《しょうえんそうず》なる人が挽歌一首を詠んだのである。

　空蟬は殻をみつつもなぐさめつ
　　深草の山けむりだに立て

その意は、〈蟬が殻をとどめるように、遺骸なりともこの世に在るならば心を慰めることもできよう。しかし、いまは土の中に葬られてしまった。せめて深草の山よ、煙だけでも立てて残る者のしのびぐさたらしめよ〉である。同じ想いが句にこめられているのか。恐れ入りましたよ、其角どの、である。古《いにしえ》の太政大臣といまの歌舞伎役者とを同格において、その死をしみじみと悲しむなんて、さすがさすが、と幕の閉まったあとも拍手また拍手である。

❖酒の瀑布《たき》冷麦の九天より落るならむ

前書に「酔登㆓階㆒」とある。たかだか二階に上がったにすぎないのに、いやはや、恐ろしくデッカイ句を詠んだものである。といったって、其角の手柄なんかではない。すべては唐の詩仙李白の有名な詩「望㆓廬山瀑布㆒」二首の其の二に拠っている。この七言絶句の後半の二聯を。

　飛流直下　三千尺
　疑うらくは是れ　銀河の九天より落つるかと

同じ李白の「秋浦歌」の、これまた有名な、

白髪三千丈
愁ひに縁《よ》りて箇《かく》のごとく長し

と並んで、李白らしい奇想天外な、誇張表現として、つとに知られている。ただし、わたくしはあながち中国流誇張とは思わない。すばらしい実感的表現とみるが……。

それにしても、李白の轟々と落ちる瀑布（滝）にたいして、箸の先にツルツルツルとひっかかる冷麦ときたところ、其角ならではのおかしさは抜群である。そして、酒のがぶ飲みの形容に、李白の瀑布をもってくる。剛毅に李白に張り合った其角の自由奔放さがよく出ていて愉快になる。

ついでに言うと、蕪村にも「心太さかしまに銀河三千丈」の李白を踏まえた句がある。トコロテンじゃ少々頼りなさすぎる。冷麦のほうがまだいくらかましか。

なお、九天とは大空全体をいう仏教語である。

❈夏虫の碁にこがれたる命かな

前書に「うつせみの絵に」とある。この前書がなければ、およそ珍紛漢紛で、とてものこと手に負えない。火に焦がれる夏の虫はあっても、碁に焦がれるなんて何事ならんや、皆目見当もつかない。ところが前書に引かれて、ここで『源氏物語』の「空蝉」の巻を想起すれば、話は別である。

夏のとある夕方、人妻の空蝉と継娘《まま》の軒端《のきば》の荻のふたりがゴソゴソ何かやっている。暑いのに格子戸をしめているので、何をやっているのか、と問うと、「昼より、西の御方（軒端の荻）の（空蝉のところへ）わたらせ給ひて、碁打たせ給ふ」との答え。で、十七歳の光源氏がそれを隙見《すきみ》する。実は空蝉は光源氏が最初に関係をもった女性であった。まわりが「イケメンの光源氏さんがいらした。やっぱりすばらしい」と大騒ぎするのに、当の空蝉は「ふーん」といった調子で碁に熱中している。それをまた源氏が聞いて、いっそうファイトをそそられる。……この辺の呼吸の巧みさ、むかし大いに感服した覚えがある。そこでその夜、てっきり空蝉と思いこみ、忍び込んだ光源氏は軒端の荻と一夜の契りを結んでしまう……。運命の悪戯というのか。

其角が蟬の絵に一句と頼まれ、即座に『源氏物語』を想起するなんて、とにかく驚きである。そしてよくある「夏虫の火にこがれたる命かな」といった句の、たった一字を変えて、独自の句に仕立てる。まことに天才なるかな。

❈うたゝ寝や揚屋に似たる土用干

揚屋とは、客が遊女屋から太夫などの花魁《おいらん》を呼んで遊興する茶屋である。揚屋茶屋と呼ぶことが多い。ホントかと疑う人のために、元禄時代に刊行の『吉原大全』より「揚屋茶やの事」を引用する。

「あげや茶やとて、揚屋町に茶や十八軒ありけり。……あげや遊びの客は、右の十八軒の茶やより女郎をよびにやる節、たれ〳〵といふ女郎の名をしるし、するに中楽《さるがく》の類ならびにかわら者御法度《ごはっと》の客にて御ざなく、といふ文言をしたため、女郎やへ証文を入れたりとぞ。……」

これでみると、遊冶郎たらんとするのも簡単にいかず、花魁を呼ぶのにもなかなかに由緒ありげな面倒な手続きが必要であったらしい。

さて呼ばれた花魁は、「助六」の芝居よろしく、前帯、裲襠《うちかけ》の盛装に高下駄をはき、若い衆、禿《かむろ》などあまたを従え、下男に傘をささせ、しゃなりしゃなりと、華美な行列で揚屋入り。これぞ花魁道中である。また『吉原大全』を引く。

「道中とは、女郎揚や又は仲の町へ出るをいふ。たとへば江戸町の女郎京屋へいたり、京町の女郎江戸町屋へ出るなど、おの〳〵遠方へ旅立をする心持に比して、道中の名こゝにおこる。つまの取やう足のふみ出しに習ある事とぞ」

さてさて、其角の句である。いろいろな手前の衣装を土用干しで掛けつらね、その下で脂粉の香に包まれた気分で（実はあまりいい香でないかもしれないが）、うたた寝するいい気持を、揚屋遊びになぞらえた。まこと豪放磊落の気分満点の句である。

❖いなづまやきのふは東けふは西

これを読んだ途端に、その昔に中学校の教科書にもあった蕪村の「菜の花や月は東に日は西に」を思い出した。教師が偉そうに髭をしごいて、「そもそも太陽と月が百八十度の角度になるのは、月は十五夜すなわち満月でなければならない」と講釈したものであった。長じて、何冊もの蕪村研究の書物に接して、この句の拠ってきたるところは、やれ柿本人麻呂の「東《ひんがし》の野にかぎろひの立つ見えてかへりみすれば月かたぶきぬ」（『万葉集』）だの、やれ中国の詩人陶淵明の「白日西阿に淪《しず》み、素月東嶺に出づ」（雑詩其二）だの、やれ丹後地方の民謡「月は東にすばるは西に、いとし殿御は真ん中に」（山家鳥虫歌）だのに発するのであると、諸先学によって懇々と教えられてきた。ハハー、ごもっとも、と平伏すればよいのである。が、そこは下町生まれの少々ヘソ曲り、陶さんばかりじゃないぞ、李白にだって「草緑に霜すでに白く、日西に月また東」の句が古風百五十九首の中にあるよ、とうそぶいて憎まれっ子になっている。

ちかごろは、蕪村の句は、其角のこの「いなづまや」の句を踏まえて作られたものと断定している。理由は探偵的カンである。では答えにならぬというなら、蕪村の言葉「我が晋子（其角）にくみして晋子にならず」（天の橋立図賛）を持ちだそうか。蕪村は其角に芯から共感していたのである。そして到底及ばないと思っていたのである。

❖明石より雷はれて鮨の蓋

名句とはとても思えないが、気になる句である。

意味はどうにか推量できる。名所の明石の浦から、ムシムシして暑かった雷雲がはれていって、驟雨一過ののちの爽やかさ。前もってつけておいた鮨が、もうなれたであろうと蓋をとってみた。いやぁ美味《うま》そうだな……と、そんな解釈ができる。が、例によって其角の底意地の悪さ、そんな表面的なところで済んでいるとはとても思えない。何か裏がある？　と、こっちも生半可のところで引きさがってはいられない。

で、調べてみると、やっぱりありました。

江戸の洒落本なんかにもよくでてくるらしいが、鮨桶の蓋には、元禄のころは古くなった明石傘の紙を剝いで用いていたんだそうな。ということは、さきの解釈は逆で、まず鮨桶の蓋の明石紙からはるか遠く明石の浦に想いをよせ（つまり、その地にあっての嘱目ではなく遠く江戸から想像して）、さてこそ雷の去ったあとのさっぱりした気分を詠んだもの、とみるのが正しいらしい。

そのうえに、当時の鮨はいまと違って、握りでなくて押し寿司であったと、作り方も承知しておくと、この句の味わいはいっそう好もしくなる。

❖さゝがにの筑波鳴《なり》出て里急ぎ

前書に「舟中吟」とある。隅田川に猪牙舟《ちよきぶね》を出して、都内某所へ行こうかとゆらゆらと揺られながら、遠くの筑波山をはるかに眺めての一句である。都内某所とはもちろん吉原にきまっている。それが「里」というわけ。つまり色里。では、なぜに突然にそう舟を急がせるのであろうか。

まず、問題は「さゝがにの」である。判じものめくが、実は『大言海』などによってみるまでもなく、和歌のほうでは「蜘蛛」転じて「雲」にかかる枕詞なんである。ときには「曇る」にかかることもある。彼方の筑波山に蜘蛛のような暗雲がかぶさり、そして「鳴り」だした。何が？ カミナリがである。ぼやぼやしていて、降りこめられて濡れ鼠になってはかなわん。それ、急げ急げと猪牙舟の船頭衆にハッパをかける。直接に雷さんは出てこなくて蔭にあるが、それが夏の季語になっている。うまいもんである。なお猪牙舟の「ちょき」の由来は、船の舳先が猪の牙に似ていることから、というのが定説。

元禄のころは、関東平野の向うにポツンと筑波山が、隅田川からよく見えた。「東に筑波、西に富士」（「きのふは東けふは西」の発想の原典か）で、江戸っ子にはごくごく親しい山であった。筑波山とくると、ついでに筑波おろしがヒュー。「吾妻橋へかかった時にぁ、筑波おろしという、うおうっ寒っ（間）身を切られるような……」という亡き古今亭志ん生の落語「文七元結《ぶんしちもっとい》」の、独特の発声と抑揚が自然に想いだされてくる。

❖星合やいかに痩地の瓜つくり

星合《ほしあい》とは牽牛と織女が逢う、七夕のことである。その七夕と瓜の関係や如何？

ちかごろは人間が無機的に殺伐としてきて、七夕の逢う瀬のロマンチシズムなんか可笑しくて、という人が多くなった。昔はいまと違って、東京・下町の悪ガキも神妙な顔をして短冊に「おろくに会いたい」なんて願い事を書いて、笹竹に吊るしたものであった。そしてきまって瓜やささげ、あずきなどを供えて健康や幸福や豊作を祈ることもいつの間にか知るようになっていた。

ついでに昔話「天人女房」の一席を物知りから聞かされた覚えもある。さすれば、その記憶から七夕と瓜との間柄は即座に理解できた。さらに長じて、瓜は七夕の星祭りには欠かせぬ供物であることや、そもそも中国から来たものであることを、中国の古典などで学んだ。たとえば『荊楚歳時記』という書物には、「織女星は瓜をつかさどる」とあり、また瓜に蜘蛛が巣を張れば願い事は叶う、という記事もある。

当然に、其角もそれらのことを充分に心得て、この句をつくっている。それにしても、痩地になったひょろひょろ瓜じゃ、とてものこと、せっかくの願い事は叶わんじゃろう、と其角は皮肉たっぷりにやっている。

❖上手ほど名も優美なり角力取

季語は相撲、秋である。其角は相撲を詠んだ句をいくつもつくっている。ただし、それほどの名句はない。

水汲の暁起こすやすまふ触れ
神のため女もうるや角力札
相撲気を髪月代《さかやき》のゆふべかな
投げられて坊主なりけり辻相撲

辻相撲とは素人相撲、草相撲ともいう。そこへ飛び入りがあり、呆気なく投げ飛ばされて初めてわかった、きゃつ奴《め》は坊主であったと。頬冠《ほおかむ》りでもしていたのか。
いまはほとんど見なくなったが、戦前戦中の東京の下町の空地にはいたるところに土俵が築かれていて、ハッケヨイとやっていた。わたくしなんかも小学生クラスの関脇格で、四股名《しこな》を「一声《ひとこえ》」という。立ち上がるとき、ウヒャーと奇声を発するところからきた。

句はそんな素人相撲ではなく、れっきとした本場所、としたいが、さてどんなものか。其角の活躍した元禄時代には京都や大坂はともかく、江戸の勧進相撲はまだまだ未発達で、興行が定着したのは宝暦年間。其角はこの世を去っている。で、「名も優美なり」の力士は、ことによると、草相撲のそれか。

ではあるが、寛永元年（一六二四）三月、木戸銭とっての江戸相撲のはじまりのときの番付がある。眉つば視されているようであるが、そこには、横綱・大関格に明石志賀之助、辻風雲五郎、稲妻大五郎、二所ヶ関軍太夫といった名がある。ま、其角俳句はそれらにするか。わが「一声」よりははるかに優美な四股名であるな。

❈武帝には留守とこたえよ秋の風

前書に「背面達磨《だるま》を画《えがい》て」とある。

梁の武帝は、インドからやって来た達磨大師を宮中に招いて尋ねた。「仏法に帰依《きえ》するとどんな功徳があるのや」と。達磨さんは即座に答えた。「無功徳なり」。この答がまったく気に入らない武帝はさらに、「如何なるか是れ聖諦《しょうてい》第一義？」と問い詰める。ならば仏法のもっとも根本となるいちばん大切なものは何なのか、という意である。達磨さんは吐いて捨てるように言った。

「廓然無聖《かくねんむしょう》」

廓然とは虚空に一点の雲もないカラッポのことで、何も執着のない無心の境を示す。無聖とは字義どおり聖なるものなんか何ひとつない、ということである。武帝がやたらにこだわって尋ねるから、聖という概念をすら否定して、阿呆め、無心こそ最高なんじゃ、と喝破したのである。そして武帝にサヨナラをすると、達磨大師は都を去って河を渡って、山奥の少林寺にさっさと入ってしまったという。

まことにさっぱりとしたよろしい話で、何やかや五月蠅《うるさ》く原稿の催促をするやつがいると、わたくしも真似をして「廓然無聖なり」とやっつける。または居留守を使う。そのときの気分はこの句のごとし。もし武帝（借金とり？）がうるさく言ってきたら、留守だと言ってくれ、と。折しも秋風が颯々《さっさつ》として吹き過ぎていく。まことに快適爽快である。

余計なことながら、武帝との問答のとき、達磨が「不識《ふしき》」といった答えも有名である。「どこの誰か、わしゃ知らん」という意味。「廓然無聖」よりこっちのほうがいいか。

❖十五から酒をのみ出てけふの月

すこぶる気に入っている句である。親父の晩酌につきあわされ万病の薬を飲み出したのは小学一年生のとき。十五じゃずいぶんと〝遅かりし其角どの〟ということになる。

この句には「琵琶行《びわこう》をよむ」と前書がある。となると、中国は唐の白楽天の詩を前においてみないことには、正しく味わうことにはなるまい。で、「琵琶行」の読み下しを。

「自ら言う　もとこれ京城の女　家は蝦蟇陵《ひきりよう》の下にありて住めり　十三にして琵琶を学得して成る　名属教坊の第一部」

この詩の女は貧家の生まれながら、それに押しつぶされることなく、十三歳で琵琶を学び出して、いまや超一流の弾き手となっている。薄幸ながら一芸に秀でた美女に、自然と興を引き出されて其角はこの句を詠んだものか。

さらに深読みをすると、句からはほんわかとした色香も匂ってくる。すなわち、『論語』にいう、十五は学に志すの年と。俺もその十五で芭蕉翁について俳諧の道に志し、ついでに酒道にも。当然のことながら、酒とくれば女、すなわち色の道なり、そっちのほうにも腕をあげ磨いてきて今日に至る……と。

その趣きが「けふの月」にあるではないか。月はけだし遊里に照る月ならん。酒に女に全盛をつくし、「けふの月」の五文字に万感の想いを盛る。いやいや名句であることよ。

❖平家なり太平記には月も見ず

そのままにあっさり解釈すれば、さすがに『平家物語』は素晴らしい、月見の風流があるが、『太平記』はなんとも凄まじい歴史書で、月見なんかないんだなあ、というくらいの意になろう。

それだけのことではなくて、この句にはほかにもいろいろなことを考えさせてくれる楽しさがある。たとえば、『平家』には切腹して死んだ武者はほとんどいない。あるとき、斜め読みしながらざっと数えたことがある。『平家』は全編をとおして名前のある死者は約百二十人、そのうち腹を切って死ぬのはわずか五人である。宇治の平等院で「太刀のさきを腹につき立て、うつぶせに」貫いて堂々の死を示した源三位頼政をいれても六人。なのに『太平記』となると武者たちは無茶苦茶に腹を切る。しかも大勢がいっせいに切腹したりするのである。北条氏滅亡のさいの鎌倉のハラキリ二百八十四人を筆頭に、実にみんなで二千百四十人余なんである。

明日をも知れぬ〝運命〟が主題の『平家物語』には、語りすすむにつれて其角の句のごとくほんのり空に月が出る。『太平記』にはそんな情緒たっぷりのところがない。人の心が殺伐となってから、月のかわりに、日本には切腹が出てきたようである。

❖夢かよと時宗起きて月の色

この時宗を元寇のときの鎌倉武士の棟梁北条時宗などと解すると、何が何だかわからなくなってしまう。はじめはそれで、ためつすがめつ眺めては往生していた。が、これが歌舞伎十八番の一、『矢の根』の曾我五郎時致《ときむね》で、芝居では時宗と書く場合が少なくない、と知ってたちまちに了解した。

富士の見える曾我村のちっぽけな家。五郎時宗が炬燵櫓《こたつやぐら》に腰をかけ、大きな矢を抱えてその矢じりを磨いている。そこへ大薩摩がきて、お年玉に末広と宝船の絵をおいていく。五郎はこの宝船を枕の下に敷いて、ドレ仇の工藤祐経《すけつね》の首を引き抜く夢でもみようかと、独り言をいいながら寝てしまう。すると、夢に兄の十郎が青ざめた顔であらわれ、工藤の館に捕らえられたと告げる。五郎ははね起きた。

「時宗夢さめむっくと起き」

そして「日本六十余州は目のあたり、東は奥州外ヶ浜、西は鎮西鬼界ヶ島、南は紀の路熊野浦、北は越後の荒海まで」「千里もゆけ万里もゆけ」と豪快にベンベンベンと歌いあげる。ちょうど大根をのせた馬が通りかかったので、止める馬子を追い散らし、五郎時宗は馬にまたがり、大根を鞭に勇ましく出立する。

芝居はまことに素朴で単純で大らかなもの、其角好みといえる。夜中にふと目覚め、五郎時宗を気どってムックと起きて見てみれば、空には月がぽかんと……。

❖声かれて猿の歯白し峯の月

前書に「巴江」とある。つまり中国の巴峡のこと。とくれば、揚子江の上流、四川省と湖北省の境界付近にある巴東の三峡のこととなる。いっぺん訪れたことがあるが、中国屈指の名勝である。ふつうは瞿唐峡《くとうきょう》・巫峡《ふきょう》・西陵峡《せいりょうきょう》の三つを三峡というが、ときには瞿唐峡のかわりに広渓峡《こうけい》を加える場合もあるとか。そして広渓峡のあるところを魚腹県といい、かつて白帝とも呼ばれていたという。

さて、白帝とくれば誰もが想い浮かべるのは、そう、中国は唐の詩仙李白の名詩。やれやれ、やっと主題に辿りついたよ。

「朝に辞す　白帝彩雲の間《かん》／千里の江陵　一日に還る／両岸の猿声《えんせい》　啼いて住《や》まざるに／軽舟《けいしゆう》已《すで》に過ぐ　万重《ばんちよう》の山」

実は、其角の句は、詩人謝観《しやかん》の「瑶毫霜満／一声之玄鶴唳天／巴峡秋深／五夜之哀猿叫月」を踏まえている、と解説書にある。が、李白のこの有名な詩から出ていると考えたって差し支えあるまい。なにしろ悲しく響く猿の鳴き声と三峡は、漢詩においてはむかしから離せない関係にあった。古書の『水経注《すいけいちゆう》』には、三峡の猟師の歌う詩「巴東の三峡　巫峡長し／猿鳴きて三声　涙は裳を沾《ぬら》す」が載っているとか。もちろん、李白や謝観の詩はその『水経注』の伝承にもとづいている。

それにしてもその奇抜さ、猿の剝き出した白い歯に焦点をあてるあたりは、凡俗のもののよくするところに非ず。キャッキャッと鳴きすぎて声もかれた猿、そして「峯の月」にはそくばくとない寂寥感も漂っている。

❖胸中の兵出でよ千々の月

「張良図」と前書がある。『史記』などに登場するので有名な、漢の高祖の軍師の張良の肖像画があって、それに賛でもしてくれませんかと人に頼まれて、とっさに詠んだ一句でもあろうか。

「兵」とは、ツワモノと読むから兵隊さんのことと考えられやすいが、この場合はさにあらず、いわゆる「兵法」のことである。戦いに勝つための戦術である。智謀湧くがごとし、といわれた張良の胸中には、状況によって千変万化するいろいろな作戦構想があったにちがいない。いっぽう月は時により所により、おかれた境涯により、同じものながらいろいろの想いで眺められる。それが「千々の月」。勇壮な軍師の姿から月の詩情を呼び出すなんて、まったくうまいもんである。

「月の詩情」といえば、永井荷風がすぐに想いだされる。名作『濹東綺譚』は六月末の夕月にはじまり、九月十五夜の月で終わる。月は遠く離れた人の心と心とを自然に通わせる。老残は月を見ることで悲喜こもごものなつかしい過去に想いをはせる。辛い想いも月によってなぐさめられる。

落ちる葉は残らず落ちて昼の月

荷風の句である。おそらくおのれの心境を詠んだものであろう。裸木にかかったように浮かぶ昼の月——孤独なおのれの姿なんである。

❖木母寺の歌の会あり今日の月

とにかく、アッと驚いた。隅田川ぞいに堤通りを北に向かっていくと、白鬚橋《しらひげばし》の先に高層の公団住宅が群を成して立ち並ぶ。車がブーブー走るその表通りに鳥居だけを残し、水神さまも、梅若さまも、巨大な公団住宅群の蔭にひっそりと鎮座ましましていたのである。いつ、かかるところに追いやられたのか。

梅若公園と名づけられた遊園地の向う、総ガラス張りの鞘堂の中に麗々《れいれい》しく納められた小さな梅若堂（木母寺《もくぼじ》の名残り）がある。まわりの狭い処に三遊塚・川柳塚・榎本武揚の銅像・天下の糸平の碑などが、隅田川再開発の名のもとに集められ、ごたごた立っている。そして離れて川に近いところに隅田川神社（水神さま）。

謡曲「隅田川」の梅若丸伝説で知られる木母寺は、はじめ梅若寺と称したが、のち梅の字を分けて木母寺というようになる。梅若忌は、三月十五日（いまは四月十五日）で、「木母寺と尋ねらるるも春ばかり」と川柳にあるように、春は花見もかねて参詣人がワンサと押しかけた。お詣りにかこつけて吉原に遊ぶものも多かった。それを其角は秋にもっていき月を詠んだ。なんて講釈、いまの木母寺の有様を眺むれば、する気にもなれぬ。

いまの日本、江戸の名所もへちまもあったものではない、ああ。

❖名月や畳の上に松の影

たまにはこんな風にわかりやすい句もいい。皓々《こうこう》たる月の光を浴び、庭の松がくっきりと、座敷の畳に影を落としている。智海という坊さんにあてた其角の手紙のなかに、「良夜　四つ過　清影」と前書してこの句が書かれている。四つとは午後十時。

これで一席のお終《しま》いでは芸がなさすぎる。名月となれば月見、月見とくれば東京は下町育ちの悪ガキには団子刺しの話になる。わが生まれ育ったあたりの金持といえば、質屋と相場が決まっていた。突っつきやすいのは二号さんの家とわかっていても、団子刺しも男児畢生の事業なりで、か弱い女ではなく質屋のほうにうち当たる。庭に忍びこむか塀の隙間から、あらかじめ作っておいた槍（竹竿の先に釘をくっつけたもの）をしごいて電光石火、団子を刺し貫き、うしろを見ずに一目散に逃げる。「コラッ」と怒鳴ったりする野暮もときにはいるが、しつこく追ったりしないのが川向うの礼儀というものである。

それは礼儀というよりも、むしろやられたほうは喜びとしていたのである。なぜならばお月様がおとりになられたと考えることになっていたから。つまりこの夜は悪ガキの所業すべて免責というわけなんである。

いや余談にすぎた。そのお月見の風習もすっかり廃れたいま、書いておきたいのは、月見団子の数のこと。十五夜には十五個、後の月つまり十三夜には十三個を食べる。と覚えているが、十五夜には十二個、ただし閏月のある年には十三個という説のあるそうな。どっちが正しいのやら。

❖闇の夜は吉原ばかり月夜かな

其角の若いときの作。のちの時代の一茶の「吉原やさはさりながら秋の暮」とか「霜がれや新吉原も小藪かな」なんかの物寂しい句にくらべると、遊蕩児らしく其角俳句は同じ吉原を題材にしながら華やかで賑やかな句といえる。真夜中の江戸市中は月もなく闇夜なんであるが、ここ吉原ばかりは煌々と明かりが灯って、まるで月夜のようである、と意味はだれにでも自然にとれる。もっとも、川柳にも「世の中が暮れて廓は昼になり」という同意のものがある。そこで、ことのついでに其角俳句の場合は、其角自身の青春讃歌でもある、と読みとれば満点であろう。

この遊廓のそもそもは、いまの中央区堀留二丁目付近にあった元吉原で、このときは昼しか営業が許されていなかった。これが明暦三年（一六五七）の振袖火事で全焼してしまう。元吉原の遊廓時代は四十年間ということになる。

そこで幕府の命もあって、こんどは浅草観音の裏のほうの田圃《たんぼ》のなかに移されることになった。それで新吉原という。廓内の意で「なか」ともいう。とにかく、そんな辺鄙なところに追いやられるなら、というので、引き換えの条件として、夜間営業のほうも許してもらうことにした。すなわち昼は九つ（正午）より七つ（午後四時）まで、夜は六つ（午後六時）より四つ（午後十時）まで、というわけなんである。お蔭で雅びな江戸の芸事を形成する独自の遊びの空間ができることになった。

❖名月や居酒のまんと頬かぶり

中山安兵衛やら三屋清左衛門やら秋山小兵衛やらが、チクと一杯やっているような鄙《ひな》びた雰囲気ながら、うまい酒を呑ませる居酒屋が、昔の東京にはここかしこにあった。左党の諸兄妹には、何も書かなくてもこの句の面白さは了解されよう。万事やたらと小綺麗になったいまは、それらよき居酒屋は多くは姿を消し味気ない世になった。

江戸に初の居酒屋が店開きしたのは？　調べたってわかりっこない。延宝二年（一六七四）十一月に日本橋に魚市場（新肴場）が開設。貞享三年（一六八六）十一月、うどん・そばなど火を持ち歩いての商いが厳禁となる。同時に江戸市中の茶屋・煮売りの総調査。二年後の元禄元年九月、上下水の修理・建設が促進され、本所の市街地化が大いに進む。同七年（一六九四）二月、中山安兵衛が高田馬場で大活躍。其角の生まれは寛文元年（一六六一）。そんなこんなの歴史的事実から、まさに元禄に入ったころより居酒屋が盛んにできたとの見当はつく。

ところで、李白の有名な「少年行」を後ろにおいて、其角俳句は皮肉たっぷりにつくっているとみるが如何であろうか。すなわち、李白のほうは、長安のモダーンな貴公子が「銀鞍白馬《ぎんあんはくば》春風を度《わた》」ってやってきて、「笑って胡姫《こひ》の酒肆《しゅし》に入る」んである。されど、われら江戸っ子は名月を仰ぎながらテクテク歩いてきて、「頬かぶり」で居酒屋ののれんをくぐるんである、と。

❖名月やここ住吉のつくだ島

佐原六郎編著の『佃島の今昔』にこう書かれている。

「江戸佃島最初の住民が摂津西成郡佃村及び大和田村からの移住漁師であったことは文献上明らかであるが、これら漁師の江戸に下降した時期については天正年代説と慶長年代説とがある」

つまり神君徳川家康さまとのコネで、白魚とりの漁師がここに住みついたのである。佃村から移ってきたので佃島、十六世紀の終わりから十七世紀の初めごろ。其角の活躍したのは元禄期十七世紀の終わりで、佃島は幕府御用達の白魚漁で賑わっていたことであろう。住吉は、いまもある住吉神社で、その昔に佃村から遷されてきた海の守護神で、もちろん、其角俳句は「住みよい」に掛けている。

作家の坂口安吾でさえこの町をこんな風に褒めている。ただし昭和十七年（一九四二）のことであるが。「佃島は一間ぐらいの暗くて細い道の両側に『佃茂』だの『佃一』だのという家が並び、佃煮屋かも知れないが、漁村の感じで、渡船を降りると、突然遠い旅に来たような気持になる。とても川向うが銀座とは思われぬ」（『日本文化私観』）。

この佃の渡しも、昭和三十九年八月に佃大橋の完工とともに消えてなくなる。ただし、いま訪れても江戸の面影がここには残っている、と書きたいが、あまり自信はない。何度も書くが、文明は古き佳《よ》き文化を駆逐して味気なくする。

❈しら雲に声の遠さよ数は雁

其角は別に「しら雲に鳥の遠さよ飛《とぶ》は鳫《かり》」と最初はつくったという説もある。それを芭蕉が評して、とにかく其角は〝玉振金声の句〟をつくって天下を驚かしているが、これから五年ほども同じ華やかな調子でやっていれば、やがて「自己を失うべし」といったとか。つまり独特な華やかな味を失ってダメになる。芭蕉の心配はよくわかるが、其角の詩才は人間離れしているからまさに杞憂ならん。

それはともかく、『五元集』にある掲句のほうが、「鳥の遠さ」よりもずっといい。飛んでいる数はかなりいる、しかし、その声はかすかなのである。視覚と聴覚との微妙な交差、やっぱり上手いなあ、と言いたくなる。

句は漢の武帝の「秋風辞」を踏まえている。と、大抵の書で説明されている。それはその通りで異論はない。

秋風起兮白雲飛　　秋風起こって　白雲飛び

草木黄落兮雁南帰　　草木黄落して　雁　南に帰る

豪気勇壮で、一節《ひとつぶし》吟じたくなる。とくに最後がいい。

歓楽極兮哀情多　　歓楽極まりて　哀情多し

少壮幾時兮奈老何　　少壮幾時ぞ　老いを奈何《いかん》せん

されど、其角俳句の後ろには「秋風辞」だけではなくて、『古今和歌集』の「白雲にはねうちかはしとぶ雁の数さへ見ゆる秋の夜の月」（一九一、よみ人しらず）が秘められている、とひそかにわたくしは考えている。

と一席、長々とやりたくなるが、紙数が尽きた。

❖落着に荷兮の文や天津雁

前書に「翁に伴はれて来る人のめづらしきに」と。この「翁」は芭蕉、其角は尊敬の意をこめている。その翁に伴われて江戸に上って来たのは門下の佐分利《さぶり》越人《えつじん》。そしてこの折に、其角は越人と両吟歌仙をまいている。これは芭蕉七部集の『曠野』に天津雁の巻として載っている。句はそのときの発句である。したがって幸田露伴の評釈『芭蕉七部集』があるので、これを全面的に頼りにすればよいことになる。

「落着き」とは、客が来たとき、茶果酒飯などで気分を楽にしてもらうこと。「古よりの通語にて、今も物事に心得ある人は時に用ゐる語なり」と露伴はいう。心得がないからただへェーとなる。その茶果酒飯のかわりに、折柄届いた同門の荷兮《かけい》の手紙を取り出し、「とくこそ来せまし、荷兮よりの文をあの天津雁が丁度持来りたりといへるを、折柄の雁にかけて、越人への挨拶の一句とはしたるなり。これらの手際は其角の自在にして、越人ほと／＼及び難きものなり」と露伴。さすがに露伴先生の見立ては正確でゆきとどいていて、ごもっとも、とただただ頭を深々と……。

なつかしい人からの手紙、折から空をゆく文使いの雁、まったく季節に合った即興の手並み、手妻みたいである。しかも旅にある人の心をよく酌んでいる。この才気と情味は江戸っ子ならでは、であるな。ただただただただ脱帽である。

ちなみに越人の脇の句は「三夜さの月見雲なかりけり」であるが、これはあまり感心できない。でも、歌仙の初裏には、

　恨みたる涙まぶたにとゞまりて　　越人
　　静御前に舞をすゝむる　　其角

と、息のあったところをみせて、なかなかに楽しい俳諧連句となっている。

❖山畑の芋掘るあとに伏す猪かな

ちかごろでは日本全土いたるところ自然環境破壊で、人里まで食物に窮した猪が出てきて暴れ回るという。しかも猿や鹿や熊よりも猪はタチが悪いらしい。食うばかりでなく、体に泥を塗りたくる習癖があって、やたらとのたうち回って広範囲に作物を倒してしまうそうな。これは直射の光を防いで寄生虫をのぞくためのもので、その場所をニタ場といい、

その行動をニタを打つというのだそうな。

其角の時代にそんな腹ペコの猪がいるはずもなく、句はまさしく作物を掘ったあとの窪地で、太くて極端に短い顎をグイグイ土に押しつけてニタを打つ猪を詠んだもの。可愛いとはいえないまでも、愛嬌の感じられる猪公《いのこう》であろう。

さて、猪とくると想い出されるのは昔に習った和気清麻呂《わけのきよまろ》と猪の伝説。称徳天皇が寵愛の弓削道鏡《ゆげのどうきょう》が皇位を望んだとき、清麻呂が九州の宇佐神社の神託を受けてきて、その野望を阻んだ。ために道鏡の怒りを蒙った清麻呂は大隈へ流罪となる。と、その途中で三匹の猪が出てきて清麻呂を護衛するという話である。それで京都の清麻呂を祀る護王神社は狛犬のかわりに猪が社前のア・ウンの守護獣になっているそうな。

ところで、なぜ護衛が知恵のなさそうな猪突猛進の猪なのか。いらいずっと気になっている。孫悟空と沙悟浄とともに三蔵法師を護るのが猪の猪八戒、この『西遊記』の物語から来ているとの説明を聞いたことがある。しかし、『西遊記』の猪八戒じゃおっちょこちょいで、弱虫で、とても清麻呂公の護衛には向かないと思う。そうじゃなくて、破格の出世をした清麻呂のもともとは田舎武者、で、殿上人が妬《や》っかんで、かつ猪武者的行動を馬鹿にして、わざわざ猪を守護神にしたものと睨んでいる。

❖芋はくヽ凡そ僧都の二百貫

前書に「宗因がまづ月をうるの句をとりて」とある。宗因の句とは「芋は芋はまづ月をうる今宵哉《こよいかな》」という、さして面白いとは思えないような句のこと。その句を踏まえて「芋はくヽ」とやったことまでは即座に理解できるが、さて、僧都の二百貫とは、そも如何なることにてあるや？

これがある日、全然別のことを兼好法師『徒然草』で調べているとき、「アレレ、いやぁお探ししていました」と嘆じたほど思いもかけず、その人と遭遇した。句の「僧都」とは、第六十段、いもがしらを好物とする「やんごとなき智者」真乗院の盛親僧都がその人であったのである。

とにかく、この坊さんはパクパクといもがしらを、「人に食はする事なし。たゞひとりのみぞ食ひける」であったという。かなり貧しかったので、ある人が「銭二百貫と坊ひとつ」を寄付した（ここに句の「二百貫」が出てくる）。すると僧都は坊を銭百貫で売り払って、いもがしらを買った。それればかりではなく、貰った銭二百貫も全部いものために使った。

いやはや、自分は貧乏でピイピイしているけれども、計三百貫の金がすべていもに化けた。なのに「誠に有り難き道心者なり」とぞ、人申しける、なんだそうな。いもと人格のかかわりはよくわからないが、珍妙な話である。

もちろん、其角俳句のほうは、「いも」を「酒」に置き換えて鑑賞したほうがよろしいのは申すまでもない。

❖竹の声許由の瓢まだ青し

許由《きよゆう》とくれば、これはもう中国の古典『蒙求《もうぎゆう》』だと、さっそく引っ張り出した。

「許由、箕山に隠れ、盃器無し、手を以て水を捧《ささ》げて之《これ》を飲む。人一瓢を遺《おく》り、以て操《と》りて飲むことを得たり。飲み訖《お》わりて木の上に掛くるに、風吹き瀝瀝《れきれき》として声有り。由以て煩《わずら》わしと為《な》し、遂に之を去る」

これでは余分の説明が必要で面倒くさい。で、その話をそっくりそのままに紹介している『徒然草』第十八段を引くことにする。

「唐土《もろこし》に許由といひつる人は、更に身に随へる貯へも無くて、水をも手してささげて飲みけるを見て、なりひさごといふ物を人の得させたりければ、或時木の枝に懸けたりけるが、風に吹かれて鳴りけるを、喧《や》かましとて捨てつ。また手に掬ひてぞ水も飲みける」

兼好法師は、このあとこう結んでいる。

「いかばかり心の内涼しかりけむ」

貰った瓢《ふくべ》を枝にかけておいたら、風に吹かれてころころと音をたてた。隠士にはこれがうるさくてたまらない、これさえなければ静かなのにと、せっかく頂戴したそれを捨ててしまう。そして前どおり掌で水を掬んで飲んでいる。便利さよりも心の静謐《せいひつ》が大事なのである。風流もここまでくれば、見事の一語につきる。

この風流はまこと其角好みの話である。またこの話、実は『蒙求』を愛読書としている夏目漱石好みでもある。それで漱石にも「瓢《ひょう》かけてから〳〵と鳴る春の風」の句がある。句合わせならどっちが勝ちか。ズバリと許由の名を出しアッケラカンの其角にたいし、漱石はうまく許由を隠し味に使っている。で、漱石に軍配をあげる。

神無月・霜月・師走

讀書の秋

❖秋の空尾上の杉を離れたり

とかく難解な句ばかりとされている中で、この句ばかりは気韻高く、爽快なり、との定評があり、其角秀句のひとつといわれている。なれど、こっちにはわかりすぎる句にみえ、いささか食指が動かなかった。

ところが、この句は芭蕉七部集『炭俵《すみだわら》』に載る其角・孤屋《こおく》の両吟歌仙の発句で、これに孤屋のつけた脇句「おくれて一羽海わたる鷹」も佳句。両方を評した幸田露伴の名解釈がある、と知らされ、途端に「名句」とみえてきたんだから世話がない。

露伴の評をわかりやすく書くと、秋天の高く青く涯《はて》しなく澄んださまを、山のいただきにすっくと立つ「杉の梢に離れたりの語に形容し尽して妙なり」。『楚辞』の「天高くして而《しこう》して気清し」とか、晋の詩人潘岳《はんがく》の「天晃朗《てんこうろう》として弥高《いやたか》し」とかの詩句が自然に思い出されてきて、「蕉門の迦葉《かしょう》たるに恥ぢざるの佳句なり」と褒めちぎる。

ついで孤屋の脇句であるが、秋の鷹が山の巣を飛び立つのを「鷹の山別れ」という、と説き、その山別れした鷹が海を渡っていく。それをきれいに晴れ上がった秋空の中に見出し、「山と海と引違へて附けた」のはまことによろしく、「二句を合せて一幅の好画図なり」という次第。なるほど、なるほど。

崇拝する碩学文人にここまで絶賛されると、もうへっぽこ探偵ごときの出る幕はない。いい句だなあー、と言うばかり。

❖白雲の西に行くへや普賢不二

この句には、現代語にすれば、石川丈山の「白扇倒懸東海天」という富士山を詠んだ有名な漢詩がある。つまり、その白扇をパタパタしていると、何となく富士山の頂上を摑んでいるような気になる、という前書がある。それに騙されて、なるほどネ、とあっさりと納得してはいけない。「普賢」の二字が曲者《くせもの》と思わなくては、まんまと其角の術中にはまることになる。

なぜって、其角の好む謡曲が踏まえられているからである。すなわち「江口」、そのラストのひと節である。旅の僧を前に、船から下りてきた江口の君が、華麗に舞いながら、この世の執着を絶ち、清浄の世界への憧れを謡いあげる。かのところでは人を恋い慕うこ

ともなく、男を待つこともない。思えば、この世はすべて仮の世界……、

「是迄なりや帰るとて、すなはち普賢菩薩とあらはれ、船は白象となりつつ、光とともに白妙の白雲にうち乗りて、西の空に行き給う、有難くぞ覚ゆる有難くこそは覚ゆれ」

能舞台でこれまでにたった一度しか鑑賞したことがないけれど、シテの江口の君の至福の波にゆらゆらと揺られるような幽玄な舞いにぞっこん参ったことがある。其角も多分、と思うのであるが、いや、関係ないか。

なぜならば、遊女江口の君にも勝る、実物の美形がそばにはべって「さあ、お一つ」とか何とかいっているのかも知れない。西方浄土へ行くようなよき心持になるよなあ。

❖かはらけの手ぎは見せばや菊の花

記録によれば、元禄元年（＝貞享五年、一六八八）の旧暦九月十七日、名古屋に住む芭蕉の俳友荷兮《かけい》の家をはるばる其角は訪ねている。その折に酒豪の其角のため、主人荷兮が大きな酒盃（かわらけ）を用意して、「まずは駆けつけ三杯、旅の草臥《くたび》れを治しなされ」と大いにもてなしたのである。よし、それならばご好意のままに、江戸っ子の酒の呑み方の

十分なる手ぎわのほどをお見せいたそう、と其角俳句はいうのである。量もたっぷりと。まこと豪気な句である。酒呑みの心意気はこうでなくてはいけない。ちょうど菊の季節、で下五の「菊の花」ということなのであろう。と、あっさりと解釈してしまっては、これまた其角俳句らしい面白さが失せる。ことによったら盃に菊の模様が描かれていたのかも。

いや、そんな写生ではなく、中国から伝来の重陽の節句の「菊花の酒」を意識し、粋な其角は巧みに菊花を配したな、と考えたくなる。菊は延年のめでたいもので、菊を酒盃に浮かべて飲むと長生きができる、その故事である。『太平記』巻十三にもある。

「菊花を盃に伝えて万年の寿を成さん」

荷兮の心からのもてなしに応えんと、あたりにない菊の花で挨拶し主人の多幸を祈る。放胆な句のうしろに江戸っ子の敏感さが秘められていて、気持がすこぶるよろしい。

❖鐘つきよ階子《はしご》に立ちてみる菊は

当時、江戸市民に時刻を報らせるためにゴーンゴーンと鐘をついた。それを「時の鐘」

といい、市中には九ヵ所の公認の鐘つき場があり、鐘つきがいたのである。日本橋石町《こくちょう》、上野の山、浅草観音、芝の切り通し、市ヶ谷八幡、目白不動、本所横川、四谷天龍寺、田町成満寺の九ヵ所である。

余計な講釈になるかもしれないが、一日は十二刻に分けられていて、それが十二支で表されていた。すなわち、はじまりの子《ね》の刻は夜中の十二時で、鐘の数は九つ。つぎの丑《うし》の刻が午前二時で、鐘の数は八つ、以下二時間間隔で、寅《とら》の刻は七つ、卯《う》の刻は六つ……となり、昼の十二時の午《うま》の刻になるとまた九つ、午後二時の未《み》の刻が八つ、申《さる》の刻が七つ、と同じパターンで数を減らし鐘をついた。

〽お江戸日本橋七ッ立ち……という歌の七ツとは、したがって午前四時ということになる。やっぱり余分な講釈であったかな。

さて、其角俳句であるが、その「鐘つき」に下から呼びかけたものである。前書に「未暁吟」とあるから、いまだ明けきらぬうちから起き出して「七つ立ち」の鐘をつく男ということになろうか。おおい、高いとこに上っている鐘つきクンよ、そこから見下ろすこの菊はどんな風に眺められるのかね。

いやいや違うかな。またか、といわれそうであるけれども、この鐘の音をきっと其角は敵娼《あいかた》と枕を並べて聞いていたに違いない。こっちは極楽々々、あっちはまことにご苦労千万、と同情を寄せながら。

❖紅葉にはたがをしへける酒の間

「たが」＝「誰が」、「をしへける」＝「教えける」。「間」は「燗」と現代風にしないと、一般の理解に余る。いや、これでも一読すべて了解とはいかないか。

白楽天の漢詩と『平家物語』が踏まえられているまことに贅沢な句である。まずは白楽天。「林間に酒を煖めて紅葉を焼《た》き／石上に詩を題して緑苔《りょくたい》を掃う」がそれで、つぎは『平家物語』巻六の一節。野分の吹いたあくる朝、高倉院が愛でている紅葉の落葉を、衛士が集めて残らず捨ててしまった。蔵人《くろうど》（雑事係の役人）はびっくり仰天しオロオロするばかり。そこへ高倉院が出御してくる。切羽詰まって蔵人はありのままに奏聞するよりなかった。以下は原文で。

「（院は）天気ことに御心よげにうち笑ませ給ひて、『「林間ニ酒ヲ煖メテ紅葉ヲ焼ク」といふ詩の心をば、それら〔衛士〕に誰が教へけるぞや。やさしうも仕りけるものかな』とて、かへつて御感に預りし上は、あへて勅勘《ちよつかん》なかりけり」左様か、紅葉で酒を温めたのか。それにしても衛士に「たがをしへける」風流ならんや、とお怒りはなかったという話。高倉院の立派なことよ。

其角が、酒の歌の名人・白楽天の作を愛唱したであろうことは察せられるが、『平家』までも。しかも即興で詠むとは。昔の俳人は学があったなあ、と腰を抜かすほかはない。

❖鶉《うずら》かと鼠の味を問《とふ》てまし

『礼記《らいき》』とか『国語』とか、中国の古典にある季節感に関連した空想的な話を知らないと、この句もやっぱり珍紛漢紛となる。すなわち——。

春、雲雀《ひばり》が鳴くころになると、鷹化して鳩となる。春も末になれば、田鼠《たねずみ》化して鶉となる。夏の終わりには、腐草化して蛍となる。秋も末となると、雀水中に入って蛤となる。立冬を半月もすぎると、雉海中に入って大蛤となる。大蛤のことを蜃《しん》という。その蜃が「よく気を吐きて楼台をつくる」、すなわち蜃気楼。それは大蛤がつくったもの、というから豪気である。今日にいう「変身」の物語である。

日本の文人はこれを面白がって盛んに句にしている。正岡子規の句に「三皇五帝雀蛤となりにけり」があれば、夏目漱石にも「蛤とならざるをいたみ菊の露」がある。漱石は、草むらでみつけた雀の死骸を白菊の下に葬ってやり、この句をつくったのである。子規句の下手さにくらべて、漱石句は奥深いところがあってなかなかに上手い。その心の温かさにふれえたような佳句といえる。

さて、其角俳句であるが、もう余計なことを言う必要はなかろう。それにつけても、当時の江戸っ子は鼠を好んで食ったのかな。

❖冬来ては案山子のとまる鴉《からす》かな

ややこしいところのまったくない句で、特筆すべきこともない。秋の収穫も終わって木枯らしの吹きすさぶなか、もうお役御免となった案山子《かかし》に、さも馬鹿にしたようにカラスがとまっている。その案山子が長いこと風雨に傷めつけられ、どことなく老骨役立たずのわれに似ているようで、大そう気に入っている。

ところで幸田露伴翁が随筆「芭蕉と其角」で、この句に芭蕉の有名な「枯枝に鴉のとまりけり秋の暮」とをならべて、比較鑑賞するようにこの句をこんな風に評している。

「秋と冬の相違あるべきは素よりなれど、殊更に鴉を嚇《おど》すべき案山子を持ち出してそれを破れ笠の上に傲然と鴉をとまらせたるは、其角の独得のところなるべし」

なるほどネ、と翁の眼識の高さに脱帽する。哀れな案山子にだけ視線がいっていて、とまった鴉メが傲然とあたりの枯田を睥睨《へいげい》している図には思い到らなかった。

さらには翁は其角の俳句について語っている。

「其角は句を案ずるに一坐の人を眼中に入れず、常に天井を睨みて趣向を捜り出し来りしよし、一句成れば坐客皆驚きて感じつ」

天下独歩独往、おれはおれの道を往く。理解できないのはそっちの教養と眼識とが不足しているのよ、と其角はうそぶいている。そこがわたくしにはすこぶる好ましい。

❖この木戸や鎖《じょう》さゝれて冬の月

木戸は城の門、鎖は錠のこと。『猿蓑』に載っている有名な句らしく、大抵の其角の俳句を扱った書で採り上げられている。そして解説も共通して、『平家物語』巻五、徳大寺の左大将が平家一門の移った新都福原から、近衛河原の大宮に戻ってきて、昔なつかしい旧都の月を眺めた、という「月見の条」をとにかく指摘する。すなわち、

「惣門は錠のさされて候ぞ、東面の小門より入らせたまへ」

この一文を踏まえている、というわけである。そして、師の芭蕉も「秀逸」と絶賛している、とも。

まったくのところ、こうまできちんと各研究書が一致して論じているのであるから、わたくし如きがいまさら知ったかぶりでシャシャリ出て、これ以上に一席弁ずるところはない。閉ざされたまま聳え立つ江戸城の城門のはるか上空、皓々《こうこう》として冴え渡る凄絶な冬の月。すべてが冷えびえと厳しい沈黙の世界。まことにまことに結構な景である。とやって、引き下がればそれで済む話。なのに、贅言を一つ。

元禄四年(一六九一)、船を琵琶湖に浮かべ、堅田《かたた》の浦まで漕がせて月見の風流を楽しんだとき、最晩年の芭蕉翁が詠んだ句がある。「鎖あけて月さし入れよ浮み堂」。この鎖をとざして海上に浮かぶ浮御堂も沈黙のなかにある。開けたり閉めたり、鎖ひとつが相当の意味をもつ。翁はこのとき明らかにすでに先に作られていた其角のこの句を意識していたと思うのである。異論の多く出そうな独断ということになるか。

❖初霜に何とおよるぞ舟の中

前書に「淀にて」とあって、旅中の吟。この舟は宵に大坂八軒家に発し、翌朝早く淀につく（もちろんその逆もある）三十石の夜船と見当がついた。途端に、悪ガキのころに唸《うな》った広沢虎造の浪花節「石松三十石船道中」の一節が……。

「親分の代参で、名代なる讃岐国、金毘羅様に刀を納めお札《ふだ》も頂きまして、参りましたのは大坂の、八軒家から船に乗る。〽船は浮きもの流れェーもの……」

いやはや、老骨の下手な唸りをお聞かせいたし、深く恥じいる次第である。このあと例の「鮨食いねえ、江戸ッ子だってねえ」「神田の生まれよ」の珍問答となる。

それはともかく、「およる」とは寝ることの敬語と字引きにある。で、初霜の置く寒い夜、船の乗客たちはいったいどんな夢を結んでいることやら、の意になろう。其角その人は船に乗ってはいないで、岸から眺めている。

これでお終いじゃないのは、例によって例の如し。発見しました。長唄の「猿曲舞《さるのくせまい》」を、どうやら其角はそっくり踏まえているらしい、と。すなわち、

「船の中には何とおよるぞ苫《とま》を敷寝のかじ枕、晩の泊まりは御油赤坂に、吉田通ればナァ二階から招く、しかも鹿子《かのこ》の振袖が……」

この色ッぽさはこたえられねえ、と酒場でやっていたら、「狂言の『靭猿《うつぼざる》』を踏まえているると、ある本に書かれていたぞ」と物識《ものし》りが教えてくれた。色気ではなくて滑稽か。いや、其角ならやっぱり色のほうがいいのではあるまいか。

❖あれ聞けと時雨来る夜の鐘の声

琵琶湖畔を旅しているときの吟であるという。もの寂しく時雨がサァーとふり来る夜、鐘の音がどこからか聞こえてきた。「聞き給え、鐘が鳴っているよ」とだれかがいった。鐘は三井寺からのものか、石山寺か。「あれ、聞け」と人の言葉を入れたところに其角の面目がある。

と、こう解すれば、まずは及第点。でも、当たり前すぎてとくに採り上げる値打ちが失せる。やっぱりここは何かを句のうしろに忍ばせてみたほうが面白かろう。で、かの有名なる唐の詩人張継《ちょうけい》の詩「楓橋夜泊」を、勝手ながらくっつけて鑑賞することにしている。

月落ち烏啼いて霜天に満つ　江楓漁火愁眠に対す
姑蘇《こそ》城外寒山寺　夜半の鐘声客船に到る

まさに同じ押さえつけられるような寂しい詩境を、其角はこのとき感じたのである。と、わが説を披露して、大学の同級生の碩学の教えを請うたら、大いに褒めてくれた。

「ウム、いいところを突いている。さらに『大鏡』のつぎの一節をも引用すると、完璧ならん」、すなわち……。

「あれきけと心とめたる鐘の声は、姑蘇城外のにやとおどろかれ、三井の鐘とはきこえたり」

なるほど、なるほど、奥は深いや。

❖書出しを何としはすの巻柱

最初は何が何して何とやらで、まったく理解の外にあった。「何としはすの」をためつすがめつ眺めていて、「何としよう」と「師走」が掛け言葉になっているくらいの見当がついた。また、『江戸語の辞典』で「書出し」の項目を引いたら、「勘定書。請求書」とあった。

それで、大晦日の掛け取りどもの魔手（?）から逃げ出し、夜遅く戻ってきたら、何と、家の柱に請求書がいっぱい巻きつけてあったわい。ざっとそんな意ならんと一応は解釈した。しかし、どことなく落ち着かない気分である。相手は名にし負う其角、一筋縄ではいかぬ、ウラがきっとあるに違いないとの想いがどうしても残る。

で、しばらくマキバシラ、マキバシラと舌頭に乗せて唱えていると、突如、『源氏物語』の「真木柱の巻」がわが脳漿を揺さぶったではないか。さっそく書棚から『源氏物語』をとりだしてパラパラとやってみる。父の髭黒《ひげくろ》の大将が愛人の玉鬘《たまかずら》のもとへ入りびたっているのを悲しんだ娘が、父への愛想づかしの一首を詠む。

「いまはとて宿離《か》れぬとも馴れきつる真木の柱はわれを忘るな」

この歌を書いた紙を柱の干割《ひわ》れたはざまに、笄《こうがい》の先で押し入れて家を出ていく。いい心持で帰邸した髭黒はこれを読んで娘が不憫《ふびん》で大いに嘆く。

これこれ、この話なるか、とわたくしは思わず舌舐めずりをした。才智の其角よろしく、片や「巻柱」と借金の催促状、片や「真木柱」と惜別の手紙、まったく見事にやってくれるよ、の思いがしきりである。ともかく疑問氷解で満足である。

❖むら千鳥其の夜は寒し虎がもと

虎とは「虎御前」、大磯にいた遊女で、曾我兄弟の兄の十郎祐成《すけなり》の愛人である。気に入った話がある。ある夜、和田義盛の宴によばれ、義盛が彼女にぞっこんとなり、しきりに誘う。虎御前はキッパリと断った。

「和田様は鎌倉においては、いまや飛ぶ鳥も落とすほどの方、いっぽう祐成殿は見るかげもなき人なり。なれど、わちきは貴賤によって節を曲ぐるようなおなごではない」

さらにあとの佳話がある。建久四年（一一九三）五月二十八日、曾我兄弟は父の仇の工藤祐経《すけつね》を討って本懐をとげる。が、すぐに捕らえられて処刑される。このとき、虎御前は恋しい人の死を悲しんで泣きに泣いたが、それでも流す涙が足りない。で、後の世までもこの日はきまって雨が降る、というのである。これを「虎が雨」という。

其角は、のちに季語にもなったこの雨の話を詠んでいるわけではなく、曾我十郎と虎御前とのひそかな忍び逢いの話を踏まえて、十郎をおのれに、敵娼を虎御前に擬して、寒夜のしっぽりを詠んで悦に入っているのである。

千鳥の「ち」は鳴き声のことであるそうな。『古事記』には乳鳥と書かれている、と『倭訓栞《わくんのしおり》』という本にあった。さらには、たとえば『東都歳時記』に、千鳥は「霜月末より蠟月《ろうげつ》始頃まで、深川洲崎、今戸橋場辺、品川、中川海辺寒夜に多し」とあって、江戸っ子は冬の極寒の夜に千鳥の鳴く声を聞くことを風流とした。これをうまくあしらって、洒落た一句としている。

❖爐開きや汝をよぶは金の事

茶道からは「口切り」「炉開き」などの季語がある。口切りとは茶壺の口を切り新茶でする茶会のこと。陰暦十月はじめの行事であるから季語は秋。炉開きは冬に入ってはじめて炉を用いる茶会。茶道では風炉《ふろ》（茶の湯用の炉）を片づけ、翌年の晩春まで炉をひらいて釜をかける。で、季語は冬。いわずもがなの説明かもしれない。

お茶といえば、その昔、大そう恥をかいたことがある。芭蕉句に「秋ちかき心の寄《よる》や四畳半」があり、これをうんと色っぽく解釈して馬鹿にされたのである。「向島生まれはこれだから困るんだよ。この四畳半は茶室だよ。この狭い部屋の成り立ちは本来が茶室に発するんだ」と。下町っ子は茶の道よりも色の道だものね。

ところで、たった一度、茶会で正客をつとめたことがある。「茶の湯とは只湯をわかし茶をたて丶呑むばかりなる事と知るべし」という〝利休百首〟のなかの歌一首を信じて出掛けていってひどい目にあった。正客たるもの「どうぞお進み下さい」にはじまって、「炉開きの日にふさわしく、天気もよろしく、お庭の様子、寄りつきの風情、すべてに清々しく、心が洗われるようでございました」と、アイサツ万端の心得の条をやらねばならぬのである。そんなお上手な言葉、なかなか使えない。参った、参ったであった。

多分、其角俳句の客もそんな茶道に縁なき衆生《しゅじょう》であろう。畏《かしこ》まってやっと一と通りの手前が終わって、ヤレヤレとなった途端、亭主が「さて、わざわざお前を呼んだのは余の義でもない」と切り出した。何事ならんと胸をドキドキさせる。と、「近頃、お前さんもえらく稼いでいるそうだな……」。落語の落ちそのままの楽しい句ではないか。

❖顔みせや暁いさむ下邳の橋

下邳《かひ》の橋とくれば、股くぐりで有名な韓信とならぶ、漢の高祖（劉邦）に仕えた軍師の張良である。「胸中の兵出でよ千々の月」の句でいっぺん登場した（一〇九頁）。

さて、下邳の城外の土橋で張良はひとりの老人と逢う。老人は沓《くつ》を落とし拾ってくれという。拾って足にはかせること三度に及んで、老人は「汝《なんじ》に教ゆべし」といい、五日すぎにここに来いと張良に命じた。さて、五日たって早朝にそこへゆくと、老人がすでに来ていて「遅い」とプンプンしている。また五日後、うんと気張って早起きしていくと、やっぱり老人がそこにいて「やり直し」と怒鳴る。こうなりゃヤケクソだと張良は前日の宵から出かけていく。と、老人はホクホクしながら兵法の虎の巻を張良に授け、わしは軍師・黄石公《こうせきこう》であると名乗ったという。

江戸っ子はこの講談調の故事が大好きとみえて、「寝坊めがと張良は叱られる」「三度目は張良空きっ腹で行き」などなど、当時の川柳でしきりにやっている。

そこで其角俳句となる。陰暦十一月は芝居のいちばん楽しい「顔見世」興行の月。一日の朝、一番太鼓は朝七つ時（午前四時）に高々と鳴らされる。その芝居を観ようと江戸のミイチャンハアチャンたちは夜明け前からそわそわ。木挽町への橋は霜でびっしり、それを張良と黄石公の下邳の橋に譬《たと》えたあたり、さすがに才の働いた句ではないか。それにしたって、当時の江戸っ子にはこんな故事が即座に理解できたのかね。

❖ゐぼしきた船頭はなしみやこ鳥

都鳥とくれば在原業平の『伊勢物語』であろう。

「しろき鳥のはしと足と赤き、しぎの大きさなる、水の上に遊びつつ魚をくふ。京にはみえぬ鳥なれば、みな人知らず。渡し守に問ひければ、これなん都鳥といふをききて、

名にしおはば　いざ言問はん都鳥
　わがおもふ人は　ありやなしやと」

この物語に発する都鳥とは、ユリカモメ（百合鷗）の異名である。もっと正確にいえばイリエカモメのこと。隅田川も大川と呼ばれる河口から向島付近までの間に飛ぶ入江鷗なのである。冬に日本に渡ってきて四月ごろ再び北へ帰る。全体は白く、くちばしと脚とが赤い。浅草・向島あたりの川の上でその数を多く見るときは風が強く、海が荒れている日である。大学時代にボート選手をして春夏秋冬を隅田川畔で暮らしていたから、そのくらいの川の風物詩は自然と身についている。

ついでにいえば、その選手のころの隅田川にはたくさん渡しが残っていた。王子の野新《のしん》

田《でん》の渡し、少し川下の梶原の渡し、ずっと下がって鐘ヶ淵の渡し。ギーコギーコと櫓の音をたて渡し船が、わが艇の横を滑るように行く。老船頭くわえ煙草や春の風。見渡せば川面はひろく、水はおおらかに流れている。そういえば、其角俳句にあるように、正月だからって船頭は烏帽子なんかかぶってはいなかった。

❖忠信が芳野仕廻《しまい》やすゝはらひ

源義経の郎等の佐藤忠信と吉野山、とくれば、歌舞伎芝居の『義経千本桜』、桜と静御前と狐忠信となる。舞台は桜花爛漫たる春である。

が、兄頼朝の勘気を蒙り、流浪の義経一行が吉野の中院谷に逃れたのは、史実のほうでは冬のさなか、雪の中である。しかし、ここも安住の地ではなかった。山法師どもの手柄欲しさの山狩りがはじまる。わずか十六人の主従では防ぎきれないゆえ、ここは逃れるほかはないということになる。さて、そのとき、忠信が進み出ていった。

「君は御こころ安く落ちさせ給ひ候へ。忠信はこれに止まり候て、麓《ふもと》の大衆を待ち得て、一方《ひとかた》の防矢《ふせぎや》仕り、一先づ落とし参らせ候はばや」

恰好いいねえ。かくて、けなげにも忠信と彼の部下七人が、吉野の奥に止まることになる。折から文治元年（一一八五）の年の暮れ。残った決死の連中が陣屋を「煤払い」つまり焼き払ってと、わが家の煤払いの行事を其角が大いにシャレてみせたのである。

伝説では、奮戦したあと忠信は逃れでて京都に潜伏したが、翌年九月に裏切りものがでて襲われついに自刃した。享年二十八。というのであるが、歌舞伎芝居のように吉野で「剛の者の自害するを見て手本にせよ」と腹十文字にかき切って死んだとするほうが、其角の「すゝはらひ」も活きて、ずっといい。

❖煤ごもりつもれば人の陳皮かな

冬籠《ごもり》の季語は知っているが、煤ごもりとは何ぞや。

手近なところで、『広辞苑』で「煤ごもり」と、ついでに「陳皮《ちんぴ》」の項も引いてみると、こう出ている。

「煤掃の時、病人・老人などが別室に移りこもること」

「蜜柑の皮を乾かして薬用に供するもの。ヘスペリジンと揮発油とを含む。祛痰・鎮咳・発汗・健胃剤として効がある。橘皮《きっぴ》」

なるほど、わたくしなどは春夏秋冬カミさんの掃除のたびに追いだされている。煤追っ払いというところである。これじゃ季語にならないね。

閑話休題で、これに前書の「閑窓に羽箒をめでて」とを組み合わせてみれば句意はわかる。十二月十三日の江戸の町々で煤払いが行われる。役立たずの老人は隅のほうへ追いやられる。何もすることもなく、家中のバタバタがすむまで、ぼんやりしていると、さながら蜜柑の皮を乾かしたような人間の陳皮ができ上がる。と、まずはそんな意なんであろうが、それだけではどうも其角らしくない。何か仕掛けがあるのではないか。それが残念ながらわかんないな、さっぱり。

と、諦めていたら、なんと、とある日、自分でもウムと思わず唸らざるをえないことを見つけた。裏に在原業平の歌が潜んでいるのでありました。すなわち、「大方は月をも賞《め》でじこれぞこのつもれば人の老となるもの」の一首。業平は上品に月を愛でながらおのれの老の忍び寄るのを歎いているけれども、こっちはぼんやりあわただしい煤払いを眺めて無駄に年をとっていくわい、とひたすら馬齢を重ねることを歎いている。

やっぱり芸が秘められていた!

❈詩あきんど年を貪る酒債かな

はじめは頭をかかえた。詩あきんどとは？　其角は大名やら旗本やら大金持やら、ほうぼうに出入りして、俳諧で生活費を稼いでいる、まさに詩の「あきんど」か。されど酒債すなわち酒の借金で大晦日には首もまわらぬ。それだけの意味なのか。あえて採り上げるほどの面白さはない。が、前書を読んだとき仰天した。

「詩債尋常往処有人生七十古来稀」

いわゆる「古稀」の出典といわれている中国は唐の大詩人杜甫《とほ》の詩を踏まえて、其角が大いに奮発している作なのである。さっそく杜甫「曲江二首」を繙《ひもと》いてみる。

朝回日日典春衣　　朝より回《まわ》りて日日春衣を典じ
毎日江頭尽酔帰　　毎日江頭　酔を尽くして帰る
酒債尋常行処有　　酒債尋常　行く処に有り
人生七十古来稀　　人生七十　古来稀《まれ》なり

フム、と唸りがてら、それならと、これを井伏鱒二の「サヨナラダケガ人生ダ」式に、我流に訳してみる――。
キルモノモチモノ　ミナ質ニイレ
墨田ノホトリデ　ドンチャン騒ギ
ドチラ様ニモ　借金バカリ
人生七十　古来マレなり

❖行く年や貉評定《ひょうじょう》夜明まで

狸寝入りを、江戸時代には貉《むじな》寝入りともいったらしい。狸も貉もよく眠る仲間であった。ただし、実は狸は鉄砲で撃たれたりしたとき、弾丸に当たらなくともショックで仮死状態になる、あるいは死んだふりをするのであるという。その状態になるといくら揺すっても動かない。そしてこっちの隙を狙って、狸は脱兎（?）のごとくに逃げ延びる。その防衛本能のあっぱれさで、一般に眠ったふりをする、さらにはずるい人間の誤魔化しぶりを狸寝入りと言い表すようになった。

句の「貉評定」とは、年の暮れの金の算段がつかず、貉寝入りをするやつばかり、さっぱり相談事のまとまらぬ様を詠んだもの。世にいう「小田原評定」の上をいく能率の上がらなさ。もっとも、いまの格差のひどい不景気な世の中では、そんな駱会議ばかりが日本中の会社で開かれているから珍しくないか。

余談だが、狸寝入りを「空寝」ともいうが、この言葉を『枕草子』で見つけてすこぶる悦に入った。すなわち、

「家にても、みやづかひ所にても、あはでありなんとおもふ人のきたるに、そらねをしたるに、わがもとにあるものどものおこしよりきては、いぎたなしと思ひかほに、ひきゆるがしたるいとにくし」

嫌な野郎に会いたくないのでせっかく狸寝入りをしていたのに、わざわざゆり起こしにくる阿呆がいる、バカもん、というわけである。

❖百八のかねて迷ひや闇のむめ

「かねて」には、「鐘で」と「兼ねて」と掛けてある。百八の鐘とは、つまり除夜に寺々が撞《つ》きだす百八つの鐘声である。鐘を鳴らすことで百八の煩悩を叩き出し、新年には仏心

をよび起こすのである。煩悩を断つことで深遠な悟りに到達する。

人間たるものに煩悩はつきもの。これを煩悩の海という。そこに溺れるのが当たり前。されど悩みがあってこそ、さとりがあるとか。謡曲「山姥《やまんば》」に「煩悩あれば菩提あり」といい、一遍上人もいっている、「煩悩即菩提、生死即涅槃《ねはん》」と。これを信じようぞ。

それにしても、なぜ、煩悩は百八なのか?

『楞伽経《りょうが》』という禅宗ゆかりの教本にある。目・耳・鼻・舌・身・意の人間の六根が、色・声・香・味・触・法の六塵とふれあうとき、六根はそれぞれ好・悪・平（中立）の三つの煩悩が生ずる。計十八。また、六塵にもそれぞれ苦・楽・捨（どっちでもない）の三つがあり、計十八。両方を合計すると煩悩は三十六となる。この三十六煩悩は過去・現在・未来においても存在するゆえ、三十六×三イコール百八となる。なんて講釈は七面倒くさいか。

さて、句の解釈——。迷いをあたりまえの煩悩にしては其角に怒られる。で、鐘を聞きながら、ふと女のことが想いだされ悩ましくてならぬ。それはちょうど匂いばかりで見えない闇の梅に迷うようなものよ、と色っぽく解することにしている。

ちなみに江戸時代には、除夜の鐘を聞きながら四辻にふんどしを落としておくと、いいことが訪れる、という妙な習慣があったとか。其角もふんどしポトンをやってみて、えもいわれぬ梅の芳香を嗅いだのかもしれない。呵々。

❖年わすれ劉伯倫はおぶはれて

前書に「のり物の中に眠こけて」とある。忘年会でしたたか呑みぐっすり眠って電車の終点まで運ばれてしまったなんて記憶はどなたにもあろう。そのことを酒のみ其角が自嘲まじりに詠んだものとだれにもわかる。問題は劉伯倫とはそも何者か?

寛政（十八世紀末）の呑んべぇ学者の亀田鵬斎の漢詩にもこの人が出てくる。「劉伯倫也李太白／酒乎飲爾婆只之人／酔酔酔酔酔也薩阿」すなわち〔劉伯倫や李白だって／酒を呑まねばただの人／よいよいよいよい、よいやさあ〕と江戸時代には至極有名らしい酒呑みの名士なんである。

調べたら、これが中国は魏・晋の時代（三世紀半ば）に生きた「竹林の七賢」の一人、劉伶《りゅうれい》（字を伯倫）のこととわかって、なーんだ！　と相成った。身のたけ五尺足らずの醜《ぶ》男《おとこ》、されど気だては天下一品、常人なみの欲は一切もたず、精神の自由を求めてただ酒を呑む。『文選』に収録の遺文「酒徳頌」で世界の呑んべえの尊敬を集めている。

神前で無理矢理に禁酒を誓わされたとき、

「天幸いにして酒で後世までわが名を残さしめる。一石五斗呑めば二日酔いはさめます る。その酒を断てとのご託宣なれど、かかる言は今後ゼッタイに聞かぬことを誓う」

といったかと思うと、伯倫は神前の酒をキューッと飲み干してしまった。

この話、まことに佳《よ》きかな、佳きかな。

❖酒ゆえと病を悟る師走かな

余計なことを書かなくてもいい句である。この句に解釈の必要はない。無性に酒好きのこっちには、しみじみと身につまされる。同感の人も多かろう。

其角がこよなく酒を愛する人であったこと、もうすでに何度かふれている。そこでおまけに其角の酒の句のオンパレードで。まずは、何とも愉快極まる句から……。

酒を妻妻を妾の花見かな

酒の上に酒を重ねてドンチャン騒ぎ。こうなりゃ、槍でも鉄砲でも持ってこい、女房だって怖かあないやい！

名月や居酒のまんと頬かぶり

この句は前にいっぺん講釈したが、鄙びた居酒屋の酒ほどうまいものはない。居心地のよろしい居酒屋が、近頃はほんとうに姿を消した。

猿のよる酒家きはめて桜かな

「猿のよる」とはいかなる飲み屋か。まさか料亭なんかじゃあるまい。もうたっぷりきこしめして、顔を真っ赤にしたやつが縄暖簾《なわのれん》をくぐって来たの図ならん。

酒買ひにゆくか雨夜の雁ひとつ

「雁の便り」といって雁が郵便屋さんのかわりをすることは存じているが、この句の雁は雨をついてわざわざ酒を買いにいってくれるらしい。いやあ、有難いことであります。

さらば、わがひっちゃかめっちゃかの其角俳句との格闘を、このいともわかりやすい句でおしまいにする。

酒くさきふとん剝《む》けり霜の声

昨夜は大酒をのんで前後不覚でドデンと寝てしまったが、深夜にあまりの寒さに目が覚めた。いやあ、かけている蒲団の酒くさいことよ。外は、とみれば霜がびっしり。

其角ばなしの章

赤穂浪士の面々と

✣両国橋の上の名場面

忠臣蔵とくれば、まず、この場面――。

所は両国橋の上、「笹や笹、笹はいらぬか煤竹の……」と売り声をあげてやってきた赤穂の浪人の大高源吾。そこへ来かかったのがわが宝井其角で、「ム、子葉《しよう》どのではござらぬか」と呼び止め、腰の矢立の筆をとり、

年の瀬や水の流れと人の身は

とすらすら一句書いて渡す。俳号子葉こと源吾は筆を借りて即座に脇句をつけた。

明日待たるるその宝船

時は元禄十五年（一七〇二）極月十三日である。もちろん、嘘っぱちである。嘘っぱちとしながら、なぜ、十三日と日付を明確にいえるのか。岡本綺堂の名作『半七捕物帳』「吉良《きら》の脇指」にこんなふうに書かれている。

「江戸時代の煤掃きは十三日と決まっていたんですか」

「まあ、そうでしたね。たまに例外もありましたが、大抵の家では十三日に煤掃きをする事になっていました。それと云うのが、江戸城の煤掃きは十二月十三日、それに習

って江戸の者は其の日に煤掃きをする。したがって、十二日、十三日には、煤掃き用の笹竹を売りに来る。赤穂義士の芝居や講談でおなじみの大高源吾の笹売りが即ちそれです。……」

そもそもが年の瀬の煤払いとは、正月を迎える準備の清掃としてだけではなく、一年のけがれを浄めて、新年を迎えるという信仰の意味をもこめた行事であったのである。それで、たとえば『東都歳時記』に、「大城の御煤払の例は寛永十七年庚辰十二月十三日に始りし由」とあるように、十三日に行われることに決まっていた。やがてこの江戸城大奥のお煤の行事が下々におりてきて、江戸中期には、市中家のことごとくが煤払いを十三日に行うようになり、したがって、半七親分が語るように、煤竹売りの行商が市中を売り声をあげながらねり歩いていた。しかも翌十四日が討入りのために四十七士がそば屋の二階に集合の日（念のために付記するが、これも嘘っぱち）、まことに都合がよろしいから、この両国橋の名場面が構想されたに相違ない。ただし幕末になると、諸行事用の笹竹はほとんどお店で売られるようになり、煤竹売りはいなくなったという。

そういえば、煤払いを詠んだ其角の楽しい句がある。

煤掃いて寝た夜は女房めづらしや

大掃除をして家じゅうが綺麗になった夜、ややややや、家の梅干し婆さんもまんざらでなく色っぽく眺められたことよ。と、そんな意味であるが、これだけじゃ味もそっけもない。当時、「多くは皆此の月のはじめのうちに、はきしまふ也」と『吉原大全』にある。十二月の初めに吉原では早々に煤払いをやってしまったらしい。句の女房を花魁と直して、煤払いをさっさとすました廓《くるわ》は、はや正月を迎えたような華やいだ気分になり、美形はいっそう美しく見え、と解したほうが……。またやっとるわい、と怒られるであろうか。

✣誠によい家来をもたれたのぅ

この嘘っぱちの両国橋上の其角と源吾では、『松浦の太鼓』という芝居のそれがすぐに頭に浮かんでくる。

この序幕が両国橋での二人の出会いの場である。「浪人になってこの始末、どうもお知り合いの皆々様には御無音の失礼の極みで」とひたすら恐縮する源吾に、其角が「なにに、人の浮き沈みは世の習い。気を病むことはない」と慰める。そして、着ていた羽織をぬいで源吾に着せかける。実はこの羽織は其角が俳句を教えている松浦侯からの戴き物であったのである。

あとは例の「年の瀬や」「明日待たるる」の句のやりとりがあって、では、またいずれ、と相別れる。

つぎの場は「松浦邸書院の場」で、この松浦邸というのは吉良の屋敷のとなりにある。句会にやってきた其角を迎え、夜も更けたころ、松浦侯は至極ご機嫌でよもやま話に興じている。ところが、其角が、昨日たまたま源吾に会ったことと、そのおりのやりとりの一部始終を語って、拝領の羽織を与えたことに及ぶと、とたんに松浦侯が怒りだした。なぬ、その話はまことなるか、笹竹売りだと、怪しからんにも程がある。主君の仇を討つことを忘れ、のうのうと時を過ごして不忠の浪人風情に、わが与えし羽織をくれてやるとは何事なるか。許さん、出てゆけ、という次第である。

其角はこれははやまったことをしたかと、暇乞いの挨拶をして、すごすご座敷を立ち去ろうとするとき、ふと、昨日の別れ際の源吾の句を口ずさむ。松浦侯はそれを耳にすると、にわかにその句に興味をもつ。明日待たるる、ウム、宗匠よ、その明日とは今日のことではないか。というそばから、ドン、ドンドンドン、一打ち三流れの、となりの吉良屋敷に響く山鹿流の陣太鼓。

「おお、源吾の句のなぞが解けたぞ」

松浦侯は心ひそかに赤穂浪士の討入りを待ちのぞんでいた。それゆえの怒りであり、それが溶けたいまは破顔一笑して、むしろ自分の不明を其角に詫びるのであった。

つぎの場は「松浦邸玄関先」で、煤払いの笹竹売りとはうって変わって、凜々しい討入り姿の大高源吾が、松浦侯の面前に現れる。首尾よく本懐をとげたことを聞かされると、松浦侯は思わず落涙。そして声高々というのである。

「浅野殿は誠によい家来をもたれたのう」

そばにあった其角が、源吾に辞世の作のあるであろうことを問いかける。と、源吾は槍の先につけていた短冊をとり、松浦侯にうやうやしく差しいだす。侯はそれを読み上げる。

　山をぬく刀も折れて松の雪

（……静かに、幕）

筋書きも単純明快で、よき芝居ではあるまいか。

❖月雪の中や命のすてどころ

芝居の松浦侯とは、現実には、吉良邸のとなりに住居していた旗本土屋主税のことを模したものならん。しかも芝居にあるように、其角は討入りの前夜（十四日の宵）に、服部嵐雪、杉山杉風《さんぷう》たち芭蕉門下の俳人とともに、土屋邸でひらかれた句会に列席していたのである。そのときの俳諧連句が残されている。

橋一つ遠き在所や雪げしき

という土屋主税の発句は当夜の雪景色を詠んでいる。其角が脇をつけて挨拶する。

もつ手薑《はじか》む酒の大樽

これで其角がその夜、となりの土屋邸で、俳諧連句を満尾して、一杯やっていたことは疑いのないところ。と、まずは事実を確認して、以下に現代語訳して有名な其角の手紙を紹介する。

「さるは十四日、本所は土屋主税さまの家にて年忘れの句会があり、嵐雪、杉風らと私も同席しました。折から雪面白く降りだし、風情《ふぜい》手にとるごとく、庭の松や杉は雪をかぶり、雲間の月はときおり雪のおもてを照らし、風興はまことに捨て難く思いました。夜もいたく更けまして、早くも午前二時ごろになりました。犬の遠吠えもやみ、四囲《しい》は森閑とし、それじゃというわけで四、五人集まって布団をひっかぶって、夢もうき世という間もあらず、激しく門を叩くもの二人。

やがて玄関に案内されてくると、われらは浅野家の浪人堀部弥兵衛、大高源吾と名のり、今夜おとなりの吉良上野介殿のお屋敷に押し寄せ、亡君の年来のうらみを果たさんための大石内蔵助をはじめ四十七人であります。そして只今吉良殿を討ち果たさんとしております。

ご近所づき合いもあり、武士の情もあり、万一にも吉良殿にお加勢されることがあれば、末代までのご当家の不名誉になると存じます。この上は願わくは門を厳重にしめ、火の用心のみを心をかけて下されば、まことに有難き次第と思うものです。

といい終えると出て行きました。いまは俳諧なんて風流心は消えはて、これは生涯の見ものと思い、門前に出てみました」

これが知る人ぞ知る、秋田藩の家老梅津なにがし宛てに討入りを知らせた其角の書簡である。あえて長々と現代語訳してみたが、どうにも感じが出ない。歴史の華ともいえる「忠臣蔵」を語るには原文のほうがぴたりとするようである。されば、以下は原文で。

「其角は幸にこゝにあり、生涯の名残を見んとて門前にはしり出ればおの〳〵吉良家へしのびいり候ほどに、

我雪とおもへばかろし笠のうへ

と高々と一声呼はり、門戸を閉して内を守り、塀越に提灯ともし始終を窺ふに、そのあ

はれさ骨心にしみ入、女人の叫び、童子の泣声、風飄々と吹きそうて、暁天に至りて本懐已《すで》に達したりとて、大石主税、大高源吾、物穏便《おんびん》に謝儀を述べたること、武人の誉といふべきなり。

日の恩やたちまちくだく厚氷

と申捨たる源吾が精神、いまだ眼前に忘れがたし、貴公年来の熟魂故、具《つぶさ》に認め進し申し候。（以下略）」

そして全文の最後に一句を添えている。

月雪の中や命のすてどころ

日付は十二月二十日、事件の、まさに第一報である。

さて、いかがであろうか。其角のものとされるこの書簡を初めて読んだとき、ほんとうに肝を潰したものであった。其角が真実これを書いたとしたら、近ごろ流行のSF作家よりもはるかに嘘っぱちの巧みな大作家ということになる。

「我が雪と思へばかろし笠の上」という十年も前の自作の句を入れたり、源吾の句をはさんだりして、いかにも面白く読ませてくれる。いやいや、それればかりではなく、源吾の句といかにも思われそうな「日の恩やたちまちくだく厚氷」の句も、お終いの「月雪の」

の佳句も其角の作なんであるそうな。

しかも、間違いなく其角の書いたもの、とされている別の書簡では、富森助右衛門（号春帆《しゅんぱん》）と大高源吾の二人とは、其角は面識もあり、親しくつきあっていたことがはっきりしているではないか。それをこの書簡ではさも初対面の人のように筆を運んでいる。これでは疑われるのは当たり前で、偽作者には思いもよらぬ手ぬかりがあったの感である。

というわけで、この有名な書簡は今日ではニセモノと烙印を捺されてしまっている。されど、どっちかといえば其角の真筆としておきたかった。江戸っ子其角は「月雪の中や命のすてどころ」と、討入りに同調して心意気を示している。赤穂浪士が本懐をとげたのを、わがことのように喜んだことは残された著書なんかでもわかる。その人ならこれくらいの嘘っぱちの報告をしたって、ちっともおかしくはなかろう。其角だって迷惑千万と思いはしなかったであろうから。

❖浪士の初七日に詠んだ句

其角と赤穂浪士となると、もう一話ある。両国橋上や偽手紙などの伝説的な挿話とはちがって、俳書『五元集』に、其角と浪士との交際とがしっかりと書きこまれている前書と、難解な内容をもつ一句が載せられている。

「　故赤穂城主浅野少府監長矩旧臣、大石内蔵之助等四十六人、
　同志異体、報亡君之讐
　今茲二月四日官裁下令一時伏刃斉屍
　万世のさへづり黄舌をひるがへし肺肝をつらぬく
うぐひすに此芥子《からし》酢はなみだかな
　富森春帆、大高子葉、神崎竹平これらが名は焦尾琴にも残り聞こえける也」

前書の初めの部分は、赤穂浪士討入り一件の始末を、大学頭《だいがくのかみ》林信篤《はやしのぶあつ》が書いた漢文をそのままに引いているそうな。すなわち、元禄十六年（一七〇三）二月四日、四十六人の赤穂浪士はそれぞれお預け先の大名の屋敷で自刃して果てた。そしてその後、彼らにたいする追善供養は幕府の厳命によってすべてを禁じられたが、かえって人びとは黄舌をひるがえして、いろいろと甲論乙駁《こうろんおつばく》の議をやることになった。そうしたさまざまな想いをこめて其角は一句を詠む。そして、そのあとに浪士のうちは富森助右衛門、大高源吾、神崎与五郎たちの知人のいることを示し、この人たちの句が自分の選集である『焦尾琴』に載っているとと付記したのである。ということは、「有象無象の諸氏よ、お前さん方と俺とは、そ

の哀悼の気持において雲泥の差があるんだよ」と、いくらかは得意に感じていたことになるかもしれないが。

などと意地悪く読んではいけないらしい。柴田宵曲氏『蕉門の人々』によれば、「類柑文集」に興味深いことが書かれているというのである。同年七月十三日の新盆に、「子葉、春帆、竹平等の俤《おもかげ》、まのあたりに来るをむかへるやうに覚えて」、其角は泉岳寺をお詣りしようとした。ところが、参詣は許されずとあって、外から遥に望見すれば、浪士たちの墓は、なんと、

「草の丈《た》ケおひかくしてかず〱ならびたるも、それとだに見えねば、心にこめたる事を手向草《たむけぐさ》になして、亡魂聖霊、ゆゝしき修羅道のくるしみを忘れよとたはぶれ侍り」

幕府によって墓所の参詣を許されず、当時の草ぼうぼうの泉岳寺の様も驚きであるが、それだけに臆せずに遥拝したことを書く其角の筆は颯爽としてみえる。それほどに世上一統とはかけちがった感動があったということ。つまり、浪士を悼むの情において、其角が余人とは異なる深い想いを四十六人に抱いていたことが知れる。

そこで、「うぐひすに」の句である。『蕉影余韻』（昭和五年）という文献によれば、浪士自刃の初七日に詠まれたものであるそうな。それにしても、「なみだ」で悼句であるこ

とはわかっても、あとは難解にすぎて、見当もつかない。で、先人の研究書に頼ってしまえば、これは『古今集』巻二の大伴黒主《おおとものくろぬし》の作「春雨のふるは涙かさくら花ちるをおしまぬ人しなければ」に発する。これを踏まえて西山宗因が一句を詠んだ。

からし酢にふるは泪《なみだ》か桜鯛

其角の「うぐひすに」の句はこれをさらに踏まえているんだそうな。そして、「宗因は談林の滑稽にあそぶが、再翻して、其角はたちまち洒落風の哀傷を吐く。その句はかの古句と古歌とを一気につらぬいている。この手妻は晋子の風格であった」と大そう褒められている。けれど、何となくすっきりしない思いが残る。

といって、こっちには追跡の手だてもなく、困ったままで、お終いにするかと諦めかけたとき、フト思いついた。子葉、春帆、竹平たち、赤穂浪士たちが残したあまたの俳句のなかに、あるいは手がかりがあるのではあるまいかと。これが見事、的中！　であったのである。しかも、当の追悼の主となるのが、かの両国橋の煤竹売り大高源吾であったではないか。

「卯月の筍、葉月の松茸、豆腐は四季の雪なりと、都心の物自慢に、了我さへ精進物の立がたになれば、東湖、仙水等とうなづきあひて」

と前書して、大高子葉が一句を詠んでいる。

初鰹江戸のからしは四季の汁

まさに、まさに、これならんか。其角はこの句をしみじみと想いだしながら、この「此芥子酢はなみだかな」と俳友子葉を偲んだのであろう。ヤレヤレ、肩の荷がストンと下りた感じである。

「田をみめぐり」の向島

夕立や…の図

❖「夕立や」の句をめぐって

向島生まれのわたくしは、小学生のころから、俳人其角という名前に若干の馴染みがあった。隅田川にかかる言問橋《ことといばし》と名物桜もち店のほぼ中間、瀝堤の下の三囲《みめぐり》神社（稲荷）の境内にある其角の大きな句碑を、なん度か訪れて見る機会があったからである。

夕立や田をみめぐりの神ならば

わが父をはじめとして、何人かの大人から、かわりばんこに「この神社にはこの句を其角みずからが記した掛軸があってな、大切に保存されている。この明治六年に建立の句碑の筆跡も、その掛軸にしたがって寸分たがわずに彫られたものなんだな」という説明を、嫌になるほど聞かされたものであった。それで、いまギャルを連れ向島の名所見物としゃれて、この稲荷を訪れるときわたくしも父祖直伝のこの講釈をひとくさりやることにしている。ただし掛軸の其角にはまだお目にかかったことはない。

この三囲神社は近ごろ流行の隅田川七福神めぐりのお蔭で名所になっている。ここに恵比寿・大黒の二天ありとのことで、いろいろな本にくわしく紹介されていて、わたくしごときが割って入る余地もなくなった。でも、なかには大正の大震災で焼失したことありだの、太平洋戦争の東京大空襲でやられたのと、知ったかぶりに書いているものもある。それらは調べもせずに何かの誤伝を写したものならん。大震災では境内にあった其角堂、空襲では額堂、水舎、神楽殿などが焼けたものの、いまの本殿は安政年間の建築のままである。これと、七福神でいえば寿老人の白鬚神社の本殿、毘沙門天の多聞寺の山門の三つが濹東に残る江戸時代の建物ということになる。

さて、三囲さんと其角の「夕立や」の句のいわれである。ときに元禄六年（一六九三）六月二十八日、門人の和倉三郎兵衛（号白雲）をつれて三囲神社に詣でるため、竹屋の渡しのあたりまでやってきたとき、川面に突き出た鳥居のあたりで、其角は人々の大騒ぎの声を聞き、舟を下りた。そこで其角が眼にしたのは、鉦《かね》や太鼓を打ちならして、雨乞い祈願の真っ最中の葛飾村の百姓たち。オヤ、かの有名な其角センセイだと知って、百姓たちが雨乞いの献句を乞うと、其角はその願いをあっさり聞きいれた。しかも、即座に句を案出し神前に献じたところ、翌日どしゃ降りの雨が降った、というお話なんである。

これは決して根なしごとではなくて、『五元集』という其角の句集に載っている。

「牛島三めぐりの神前に雨乞ひするものにかはりて、

夕立や田をみめぐりの神ならば

翌日雨ふる」

三囲と見巡りとみ恵《めぐ》みとを巧みに掛け、さらにいえば、夕立の「ユ」、田をみめぐりの「タ」、神の「カ」で、治まる御代の豊作を祈ってもいるそうな。と知って江戸っ子は手を叩いて大喜び。何事も事実そのままじゃ面白くない、というわけで、たちまち「翌日雨ふる」でなくて、句を献ずると一天にわかにかき曇り大雨沛然《はいぜん》、に物語を劇的に作り変える。たとえば『淡々雑談集』という本には「正色赤眼心をとぢて」夕立やの句を詠んだら、「いひはてず雲墨を飛《とば》し、雨声盆をくつかへす計《ばかり》船をかたぶける事、まのあたりにありけり。一気の請《うく》るところ真の発《はっす》るところ、斯くまじきは此道の盛なり」とあるそうな。お蔭で向島といえば三囲、三囲といえば其角と、当時、江戸市中で知らないものはないという名所になった。なんて話をわたくしはまともに信じたくはない。

なぜならば、三囲さまの対岸が待乳山聖天さまと山谷堀、その向うが〝不夜城〟吉原である。江戸の川柳にもいう。

鳥居の前でとりかじの面白さ

川面に突き出た三囲神社の鳥居の見えるあたりで、両国のほうから漕ぎ上がってきた猪《ちょ》牙《き》舟《ぶね》はとり舵《かじ》（左へ）をとって山谷堀に入って、吉原へ。つまり、この神社の鳥居が吉原通いのこよなき目印になっていた。いいかい、三囲さんの鳥居の前だよ、間違えるな。これある哉、である。

以上、いくらか気の利いた向島案内書にも書かれていない推理であるが、さらに歴史探偵はそのさきを読む。其角がこの日このあたりまで川を上ってまいったのは、そもそもが鳥居の前でとり舵をとるつもりであった。いや、さんざんかの処で遊んだあとの帰りの舟としたほうがいい。和倉屋は蔵前の札差しで、其角のパトロンでもある。一説に、同行のお大尽は紀伊国屋文左衛門であったともいう。

雨も降らぬ日照りのつづく悪条件下に、わざわざ三囲さまにお参りに出かけてくるなんて、およそ寸法に合わぬ話はない。其角の句に旱天《かんてん》の慈雨が降ったのは、俳句の霊験あらたかとするよりも、しっぽり濡れた吉原の観音さんのお蔭によるとしたほうが理に合っている。いかがなものか。

ここで余談となるが、後世の俳人・一茶もこの神社を題材に一句を詠んでいる。これがすこぶる楽しい句で、ごく自然と其角の「夕立や」批判となっている。

十五夜や田を三巡りの神の雨

せっかくの十五夜なのに、なるほど田をみめぐみの神さまよ、ザンザと雨を降らしてござると、かなり其角にソッポを向いてつくっている。さらにもう一句、「三巡りの日向ぼこしに出たりけり」という句もその後に発見。ここでも一茶が反骨を示しているのがおかしくてならない。いずれにしても、其角の「夕立や」が江戸町民には知れ渡った句であったことがこれでわかる。

❖言霊の幸う国

話は転じて、ここでわが敬愛する勝海舟の登場である。時代はぐーんとさがって明治三十一年（一八九八）七月のこと、久しく雨が降らないので、さぞや民百姓たちは難儀していることであろうと、海舟は和歌一首を詠んで、三囲さんに恭《うやうや》しく奉納したというのである。しかも署名は物部安芳《やすよし》とものものしい。

三囲の社《やしろ》につづくひわれ田を
　神は哀れと見そなはさずや

しかも、奉納のとたんに巷にザアーと雨が降った、と『氷川清話《ひかわせいわ》』にご自身が麗々しくも書いている。そして、

「オレの歌も天地を動かし鬼神も泣かしむるほどの妙がある。小野小町や榎本其角にも

決して負けない」

と大得意で小鼻をピクピク動かした、らしいけれども、片腹痛し。こっちはとても信じることはできない。結局はカラ振りの三振と判定する。伯爵勝安芳と肩書は立派であろうが、どっちからみてもかかる下手くそな歌が鬼神をゆり動かすとは、いくら言霊《ことだま》の幸《さきわ》う国とはいえ、あまりに安直にすぎる。無効であった証しに、海舟の歌碑は三囲さんの境内のどこを探しても、残念ながら、ない。これは小町や其角ともまったく無関係のためならん。

と、海舟につらく当たったものの、いっぽうに其角のほうだって怪しいものだ、としている江戸時代の書物が幾多あることを、「國學院雑誌」平成十六年二月号で教えられた。伊藤龍平先生の論文「其角バナシの諸相」がそれで、氏によると、江戸時代には伝統的な和歌説話の後裔として、「俳諧説話」というものが一過性という形でしきりに語られ、とくにその代表に其角説話が沢山あった、というのである。「あまたある其角の説話のなかでも、もっとも知名度の高いのは三囲神社を舞台にした雨乞説話――いわゆる〝雨乞其角〟の話である」「其角ほどの知名度を誇る人物はいないのである。雨乞其角の話が人口に膾炙《かいしゃ》した理由は、何よりも其角という人物の個性によるところが大きかった」と伊藤先生は判断されている。なるほどネ。

そして先生が紹介している『俳諧論』（雲裡、年次不詳）という江戸の書物の内容が、実に愉快きわまりなかった。

「（其角は）常に大酒して、しかも其日はいたく酔たる故に、聊《りょう》もなく私もなく全くそのこゝろ虚なり。虚なる故に、天稟の趣向を得たり。天稟の趣意なれば、各感応の大雨は降たれども、晋子（其角）は一生此意をしらざるもしらず」

へェー、この雲裡なる御仁の説くところによれば、せっかくの「夕立や」の句、そして雨のことはその日、大酒呑んでベロベロであったから、其角はおよそ何もわからなかったことであろう、というのである。雨乞いの句が思わぬ効果を示すことになったとしても、それは其角がベロベロで私心がなかったからであるぞ。なんて言われても、こっちは目を白黒するばかりなり、であるが。

日本は言霊の幸う国ということで、ついでながら一席すると、詩歌の功徳によって旱天に雨を降らした話が多いことにびっくりさせられる。古くは天平時代の大伴家持が「この見ゆる雲ほころびてとの曇り雨も降らぬか心足らひに」と雨乞いをした歌がある。海舟の言にあるように、小野小町も京都の神泉苑で「ことはりや日のもとなれば照りもせめさりとてはまた天が下とは」とやって、見事に雨を降らしたという。そのいずれも嘘っぱちの

「伝統的な和歌説話」にすぎないのかもしれないが……。

✣稲荷の使者の白狐

三囲神社に関連して詠んだ其角の句は、もう一句ある。

早稲《わせ》酒や狐呼び出す姥がもと

このころ、境内の堂守に名も知らぬ老夫婦が住んでいて、婆さんは一匹の白狐と仲良くしていた。そして参詣人の願いごとを、手を叩いて狐を呼び出すと婆さんがきちんと伝える。と、その願いごとがまことによく叶えられたという。この狐こそは三囲さまの祭神宇《う》迦能御魂命《かのみたまのみこと》の使わしめた狐ならん、と江戸町民はすっかり信じきった。其角の句はその素朴な信仰の話を詠んだもの。それでいまも三囲さんの境内には老爺老婆の石像がおわします。

これに関連して想いだされるのは、浅草座かロック座かカジノ座か、とにかく浅草のストリップ劇場のいずれかで、その昔に観たコント。男が三囲神社に参詣しての帰り道、向うから美しい女がひとり出てくる。何とかモノにしようと男はいろいろと手練手管《てれんてくだ》をまじえて女を口説く（ここが芸の見せどころであるけれども、略す）。やっと口説き落として隅田堤へ連れていき、ぐっと押し倒して女の裾がまくれて、妖しげなことに相成って、途中で、男はフト気づいて聞いた。

「まさか、お前は稲荷の白狐じゃあるまいな」

女はモゾモゾ身体を動かしつつ答える。

「いいえ、わたしは狐じゃないけれど、お前さん、もしかしたら馬ではないか」

この台本の作者、まさか永井荷風？　いや、井上ひさしさんではあるまいな。

其角とはまったく関係のない話、へイ、お粗末さま。

永井荷風と冬の蠅

❖「冬の蝿」について

永井荷風の随筆集に『冬の蝿』一巻がある。弱々しく飛んでいるくせに結構図々しく生きているところのある冬の蝿、このタイトルがシャレていいてすこぶる気に入っている。その序にいわく。

「憎まれてながらへる人冬の蝿といふ晋子が句をおもひ浮べて、この書に名つく。若しその心を問ふ人あらば、載するところの文、昭和九年の冬よりあくる年もいまだ立春にいたらざる時つくりしもの多ければと答へんのみ。亦《また》何をか言はむ。老いてますます憎まるゝ身なれば」

余計なことながら、晋子とは其角のこと。この『冬の蝿』の愛読者として、わたくしは其角のこの句はつとに好んで口の端にのせてきた。そして、いま「憎まれて長らふ」老骨になってみると、いっそう身につまされてきて、こよなくいい句に思えてくる。

それにしても、わざわざ「老いて」などと申しておれど、この随筆集を上梓したとき荷風五十六歳。人生五十年が通り相場のころとはいえ、少々恰好のつけすぎではあるまいか。もっとも、いまだ老いざる昔から荷風さんは相当の憎まれものであったから、何をいまさらといったほうが正確ならんか。

ところで、こんど調べてみてひっくり返った事実がある。自分で編んだ『続みなし栗』に、其角はこの句を入れているではないか。貞享四年（一六八七）のことであるから、なんと、其角はいまだ二十七歳の若さなんである。ウヒャー。其角は荷風さん以上にヘソ曲りであったんであるな。当然のことながら、諺にも「憎まれっ子世にはばかる」があり、それを意識しての作には違いなかろう。年齢なんかとは無関係に、フラフラしているくせにとにかく執念をもって生きている冬の蠅におのれを擬するあたり、其角は若くして尋常のものならず、である。この才気煥発でシニカルな江戸っ子的な生き方が、荷風さんにはピタッときたのでもあろう。

というわけであえて言えば、芭蕉をはじめとする蕉門の俳人のなかで、もっとも好みに合い、気質的にも荷風とウマが合ったのは、宝井其角であったのではあるまいか。そう断定したくなる。

その証しといえるのは、それはもう楽しいくらいに荷風さんは其角への思い入れを作品のところどころに織り込んでいる。思いもかけないところで基角登場となる。つまり「冬の蠅」同士の深い愛情で二人は結ばれている、ということになる。

✣其角俳句を下敷きに

荷風さんの浩瀚な日記『断腸亭日乗』の昭和三年（一九二八）二月十三日の項には、其角の早逝にふれながら長々と記している一文がある。

「晋子其角は年わづかに四十七にて歿したり。されど短命の生涯に二度まで京都に遊び、其名を永く後世に伝へたり。人この世に生るゝや寿は天命なり。才名を世に伝ふることを得ば短命敢て悲しむに当らざるべし。悲しむべきは才つたなくして学の浅きことなり、余早くも五旬に達して碌々として為すこともなし、たま〳〵物書かむと思へど常に病苦の妨ぐる所となる、歎くも悔るも五十の声を聞きては既に及ばぬことなり。……」

この荷風独特の歎き節には、「オイオイ、荷風さんよ、それはないぜ。天才にそう歎かれては、才つたなく学もないわれら凡俗どもは、一体どう身を処していいかわからなくなるぞ」と一席、こっちもやりたくなるけれども、それは略。

同『日乗』の昭和十九年（一九四四）十月二十九日のところにはこうある。

「名月庭をてらす。其形を見るに九月十三夜の月なるが如し。其角の句に家こぼつ木立も寒し後の月といへるを思出でて川端の町取り払はれて後の月」

戦時下の日本、「取り払はれ」た町は強制疎開のためならんか。否応なしに空襲に備えての道路を造るので家を立退かさせられた人がゴマンといた。悲しく惨たる風景である。こんな風に、荷風は何かにつけて其角の句を思い浮かべることが多かったようである。その観点からいささか強引に眺めてみると、荷風のつくる俳句のなかには、フム、これは其角の句を下敷きにしたな、と思わせる句がないでもない。

京町の猫通ひけり揚屋町　其角
色町や真昼しづかに猫の恋　荷風
闇の夜は吉原ばかり月夜かな　其角
よし原は人まだ寝ぬにけさの秋　荷風
いなづまやきのふは東けふは西　其角
稲つまに追はれて走るつつみかな　荷風

いかがなものか。かなりピンとくるものが……。

また、たとえば『妾宅』のなかのつぎの一節はどうか。

「希臘羅馬《ギリシアローマ》以降泰西の文学は如何ほど熾《さかん》であつたにしても、未だ一人として我が俳諧師其角、一茶の如くに、放屁や小便や野糞までも詩化するほどの大胆を敢てするものは無かつたやうである。日常の会話にも下がゝつた事を軽い可笑味として取扱ひ得るのは日本文明固有の特徴と云はなければならない。此の特徴を形造つた大天才は、矢張り凡《すべ》ての日本的固有の文明を創造した蟄居の『江戸人』である事は今更ここに論ずるまでもない」

思わずクククとなりながら、同感、同感とひそかに叫び、心のなかでは拍手、また拍手である。事実、放屁や反吐や小便や野糞など、風雅には遠い野趣を題材に、感服できるほどうまく詠みこなし得ている句歌は、其角と一茶の名人芸のほかに、そんなにザラには見つけられない。そのプンプン匂うところをまたこっちは大そう好むゆえに、つぎつぎに見つけだしてはひとり悦にいっている。そのほんの一部を……。

惟光《これみつ》が後架へ持ちし扇かな　　其角

とたんにこれだから、当惑する。そもこの句はいかなる意をもつものなるや。惟光が光源氏の家臣であることに思いが至らないと、例によって珍紛漢紛ならん。後架はトイレのこと。

小便に起ては月を見ざりけり　　其角
餅と屁と宿はきゝわく事ぞなき

暁の反吐《へど》はとなりか郭公

つづいて参考までに一茶の句も。

真直な小便穴や門の雪　　一茶

小便所ここと馬よぶ夜寒かな

屁くらべが又始まるぞ冬ごもり

一茶のストレイトに比して、其角のほうはかなりの細工がある。そう、夏目漱石にもたった一句ながらあったことを思い出した。

口切にこはけしからぬ放屁哉

❖『日和下駄』のここかしこ

軽佻浮薄に文明化されて、どんどん消え去っていく江戸の俤《おもかげ》を偲んで、荷風さんはよくぞ東京の町のここかしこをほっつき歩いてくれたものよ。その残された一巻『日和下駄』（大正四年＝一九一五刊）は、わたくしの愛読書である。

「……見ずや木造の今戸橋は蚤《はや》くも変じて鉄の釣橋となり、江戸川の岸はせめんとにかためられて再び露草の花を見ず。桜田御門外また芝赤羽橋向の閑地《かんち》には土木の工事今将に興らんとするにあらずや」

とその「序」で荷風さんは書いていたが、いまは鉄の釣橋と化した今戸橋そのものがこの世から失せ、ただのアスファルトの無骨な道路となっている。そこを歩むたびに、ああ、この世は……と荷風ばりに悵然《ちょうぜん》として涙を落としはべりぬ、ということになる。

この『日和下駄』のいわば序説のような「第一　日和下駄」は、こんな風にリズミカルな、有名な名文ではじまる。

「人並はづれて丈が高い上にわたしはいつも日和下駄をはき蝙蝠傘を持つて歩く。いかに好く晴れた日でも日和下駄に蝙蝠傘でなければ安心がならぬ。此は年中湿気の多い東京の天気に対して全然信用を置かぬからである。変り易いは男心に秋の空、それにお上の御政事とばかり極つたものではない」

そして少し先にいったところで、「一体江戸名所には昔から其れほど誇るに足るべき風景も建築もある訳ではない。既に宝晋斎其角が類柑子《るいこうじ》にも」として、早々と其角がおでましになる。ばかりではなく、荷風は長々と「隅田川絶えず名に流れたれど加茂桂よりは賤しくして肩落したり。山並もあらばと願はし。目黒は物ふり山坂おもしろけれど果てしなくして水遠し、嵯峨に似てさみしからぬ風情なり。云々」と、其角の句を含む随筆集ともいえる『類柑子』の文章を引用する。その挙句にこう結論づける。

「其角は江戸名所の中唯ひとつ無疵《むきず》の名作は快晴の富士ばかりだとなした。これ恐らくは江戸の風景に対する最も公平なる批評であらう」

つまりは全幅の同感の意の表明である。

しかし、大事なのは、それにもかかわらず、というところである。「無疵の名作はない」としながらも、なおかつ其角はせっせと江戸のさまざまな風景や人情の句を詠んだ。荷風もその其角の奮闘努力に負けてなるかとばかりに、飽きずに東京のあちこちを散策してついに『日和下駄』一巻を残してくれた。ともに江戸を愛すること、その良さを見出すこと、余人の及ぶところに非ず。まこと、江戸っ子の鑑《かがみ》と申すほかはなく、ただただ感謝あるのみである。

『日和下駄』第八の「閑地」にも其角が登場する。その部分を。

「いつぞや芝白金の瑞聖寺といふ名高い黄檗宗の禅寺を見に行つた時其の門前の閑地に一人の男が頻《しきり》と元結の車を繰つてゐた。この景色は荒れた寺の門とその辺の貧しい人家などに対照して、私は俳人其角が茅場町薬師堂のほとりなる草庵の裏手、蓼の花穂に出でたる閑地に、文七といふものが元結こぐ車の響をば昼も蜩に聞きまじへて又殊更の心地し、

文七にふまるな庭のかたつむり
元結《もとゆい》のぬる間はかなし虫の声
大絃はさらすもとひに落る雁

なぞと吟じたる風流の故事を思浮べたのであつた。この事は晋子が俳文集類柑子の中北の窓と題された一章に書かれてある。類柑子は私の愛読する書物の中の一冊である」

ある寺の門前で、男ひとりが元結の車を繰っているのを認めた、とたんに『類柑子』の一節「元結こく音、ひるは日ぐらしに聞まじへて、又ことさらの心地したり」を思い出して、ついでに句までがさあーと頭に浮かんでくるなんて、荷風さんの其角に関する蘊奥《うんおう》はなみなみのものなんかではない。恐れ入りましたとこっちは旗を巻いて退散するばかり。ちなみに瑞聖寺はいまも港区白金台三丁目にある。

もう一つ、第九「崖」のおしまいのところを。

「近頃日和下駄を曳摺《ひきず》つて散歩する中、私の目についた崖は芝二本榎なる高野山の裏手または伊皿子台《いさらごだい》から海を見るあたり一帯の崖である。二本榎高野山の向側なる上行寺《じょうぎょうじ》は、其角の墓ある故に人の知る処である。私は本堂の立つてゐる崖の上から擂鉢の底のやうなこの上行寺の墓地全体を覗き見る有様をば、其角の墓諸共に忘れがたく思つてゐる。白金の古刹《こさつ》瑞聖寺の裏手も私には幾度か杖を曳くに足るべき頗る幽邃《ゆうすい》なる崖をなしてゐる」

『断腸亭日乗』昭和三十一年（一九五六）十一月二十九日にこんな記載がある。

「晴。小山氏凌霜子東京書房編輯局員写真師を連れ来話。浅草ナポリにて昼餉《ひるげ》の馳走になる。其車にて白金上行寺及高野山某寺に至り写真撮影。西銀座ウエストに茶菓を食し同じ車にて帰宅。午後四時なり」

申すまでもなく、昭和三十四年四月に荷風さんは亡くなる。すなわち最晩年になって、行くこともなかった『日和下駄』の旧知の寺へわざわざ出かけ、風狂の徒の後輩として先輩に久闊《きゆうかつ》を叙するのである。お蔭で其角の墓に詣でる荷風の写真一葉がこの世に残った。「間もなくそちらへ参りますから」とか何とか、同行の人に知られぬように、荷風さんは丁寧に、かつ密かに挨拶をしたのかもしれない。何かの因縁かとつくづく思う。いま上行寺跡地は明治学院大学のグラウンドになっている。寺は神奈川県伊勢原市に移転し、一緒に其角の墓も江戸を離れてしまったという。いまだ掃苔《そうたい》の機会を得ないのが残念である。

〔補記〕

四、五年ほど前にそのあたりを散歩したとき、其角の墓所の上行寺は引っ越ししてしまっていたが、そのすぐ側にある承教寺という江戸時代からある寺は残っていた。実は、そこに其角の画の師匠であり、俳諧では弟子でもあった英一蝶《はなぶさいっちょう》の墓がある。これも何かの因縁と一蝶さんの墓をおまいりしたが、その墓石に、享保九年甲辰正月十三日、北窓翁一蝶墓と刻まれている文字をどうやら読むことができた。

後口上

本書は其角俳句一〇〇句の〝探偵的〟鑑賞と、其角にからめた書き下ろしのエッセイ三篇をまとめたものである。句の鑑賞の半ば以上は、平凡社のPR誌「月刊百科」の二〇〇三年八月号から二〇〇五年四月号までに、「其角俳句と格闘する」と題して発表したもので、それに新たに書いたものを加えて、数をキリのいい一〇〇にした。

わたくしはプロの俳人でもなく、俳句専門の研究者でもない、単に俳句の好事家というか、俳句の〝かくし味〟を探るのが好きにすぎないのであるが、すでに『漱石俳句を愉しむ』『一茶俳句と遊ぶ』（ともにPHP新書、いずれも品切）と二冊もの俳句にかんする本を上梓している。で、これは三冊目ということになる。さきの二著にならって、本書のタイトルもはじめは、難解この上ない『其角俳句と格闘する』にしようと思った。されども漱石や一茶と違って其角はよく知られていないし、それと取っ組んで揉み合ったとシャレても何のことやらわからない、といわれて、さもありなんと納得した。それで其角の比較的に有名な句「鐘ひとつ売れぬ日はなし江戸の春」にあやかって、『其角俳句と江戸の春』とわかりやすく改題した。この本が「売れぬ日はなし」という具合に、本屋さんの店頭から飛ぶように売れるようにと、分不相応ながらひそかに祈っている。

俳句についてはあれこれ書いたけれども、其角その人のことについては放ったらかしである。失礼千万なことであった。藤井乙男氏『江戸文学叢説』（岩波書店）という本のなかに「其角自筆の履歴書」という一章があるのを見つけた。もっぱらそれにあやかりながら、簡単にその履歴を。

其角は寛文元年（一六六一）丑の年の七月十七日に江戸に生まれた。生粋の江戸っ子である。母者に霊夢で男子出生とお告げがあったらしく、其角は「母　霊夢」と得意そうに記している。それはともかく、寛ン文ン元ン年ンと調子のいいところから、「馬ならばいかほどはねんうしのとしさてもはねたり寛文元年」と下手な和歌で自祝している。これが馬の年ならもっと跳ねたことであろうに。

十五、六歳までは、父東順の業をついで医者になるつもりであったという。本草綱目《ほんぞうこうもく》や内経文素本や易経素本を筆写したりし、医道のほうで順哲と名乗ったりしている。そのかたわら、風雅文芸の道に大いに関心をもち、『伊勢物語』を写したり、詩を鎌倉円覚寺の住持大巓《だいてん》和尚に学んだり、画を英一蝶に学んだりしている。さてさてなかなかの勉強家であったようである。そして芭蕉門下でその才能を閃《ひらめ》かしたのは十七歳。

「十七　桃青《とうせい》廿歌仙」

と誇らしげに書いている。桃青とは芭蕉のこと。独吟を出し大いに注目された。

あとは医師たらんよりも俳諧師の道を、ということで、さっさと聴診器を投げだし、五七五に精出して天馬空をゆく活躍ぶりをしめすようになる。

「十八　延宝午　発句合　杉風五十句合作／秋洪水」

「廿　延宝申　次韻　信徳七百五十句ニ対ス」

と、何やら評判をえた句歴が記されている。

以下は略して、お終いに著作をあげる。

「自選のものに基づく句集に五元集がある。編著書には、虚栗《みなしぐり》　蠹《しみ》集　続みなし栗　新山家　花摘集　雑談集　句兄弟　枯尾華　わかは合　末若葉　三上吟《さんじょうぎん》　跋の事　三上吟　焦尾琴など。最新刊に類柑子がある」

亡くなったのは宝永四年（一七〇七）というから、間もなく没後三〇〇年を迎えることになる。享年四十七であった。

「月刊百科」連載中も、また本にするにさいしても、山本明子さんにいろいろと面倒をかけた。感謝する。彼女は『昭和史』でのわが寺子屋の優等生である。思えば『昭和史』の講義を連続しているときに、其角俳句の深奥を調べながらシコシコ書いてもいたわけである。疾風怒濤の歴史という重い仕事を仕遂げるためにも、其角俳句でどのくらい心が休まったことか。不可解な句にぶつかって悪戦苦闘して調べることがむしろ楽しみであったことを想い出す。

平凡社ライブラリー版 あとがき

まず「解説」をご親切にも寄せていただいた嵐山光三郎氏に感謝申しあげねばならない。嵐山氏はかつて『悪党芭蕉』(新潮文庫)という本で絶賛をあび、最近刊では『芭蕉という修羅』(新潮社)という仰天させられる名著をだされたほど、芭蕉(ならびに蕉門ご一統)研究に蘊奥《うんのう》をきわめた文壇きっての大家である。当然、其角俳句にもとうにきびしい視線を送られていたことであろう、と思うと、その宗匠に拙著の読みどころ(?)の解説をいただくなど、俳句のシロウトには字義どおり身に余る光栄と申すほかはない。

それに文庫の「解説」には、単なる仲間ぼめやいらざる断定的新解釈、あるいは夏目漱石における「何でも則天去私」的な一方的な押しつけのものが多い。嵐山氏のはそれらとまったく違う。その意味からも、読者には一緒に喜んでもらえるものと確信している。

というわけで、お礼の一句。宗匠には笑われるのをとくと承知の上で。

夏草やうれしさうなる風が吹く

思い起こすと、いまから十余年前のことになる。四人の生徒を前に『昭和史』の講座をひらきながら、頭の固まるのをほぐすために元禄の俳人・其角の俳句を寝床で繙《ひもと》き、あまりの難解さにホトホト閉口したことのあったのが、なつかしく思いだされてくる。こん畜生とポカポカ頭をなぐりつつ中国伝来の名言の「読書百遍して、義おのずからあらわる」が、自然と浮かんできて、大いなる闘志をもやしたことも、いま、ゲラを読みながらあらためて確認している。

どんなに難解なものでも、じっとその姿形を見ていると、そしてときに口にだしくり返し読んでいると、たしかに向うから語りかけてくるものがある。とくに其角俳句は口にだして読んでいると、童謡や民謡などと共通するようなリズム感をもつ句が多いので、いつの間にかわかった気になってくる。それで途中で放り投げないで、いつまでも喰らいついていられたのである。

いなづまやきのふは東けふは西

あれ聞けと時雨来る夜の鐘の声

たがためぞ朝起昼寝夕涼み

傘《からかさ》に塒《ねぐら》かさうよぬれ燕

本文で扱ったのもあるし、ないのもあるが、ともかく親しみやすいリズム感があって、あるイメージがごく自然に湧いてくる。意味のわからない句があっても、やがて何となくわかった気になってきて、楽しさが感じられてくる。ははあ、これが中国の儒者・朱子のいう読書三到《さんとう》ということか、としみじみ納得させられた。

「本を読むのは、眼で読み、口で読み、心で読むのである」

こんどライブラリー版になる喜びとともに、当時そんなことをいろいろ考えたな、と楽しく思いだしてもいる。

それにしても、其角俳句は、探偵調査をしているうちにわかったことであるが、学者や研究者や昨今の俳人の間ではまことに評判がよろしくない。『日本文学大辞典』（新潮社）には、

「佳句には……追従を許さぬものがあるが、悪句になると、無理な技巧を弄し、自然の

と何度で

風を失っている」

とあり、「晦渋難解《かいじゅう》」とバッサリと切って捨てられている。だいたいがこの「技巧的」「晦渋難解」で総括されてしまっているが、ただそれだけのものではあるまい、と何度でも抗議したくなっている。其角と、あるときには隣同士であった荻生徂徠（一六六六—一七二八）と、百年近く後の人であるが狂歌師の大田蜀山人（南畝《なんぽ》、一七四九—一八二三）を加えた三人が、江戸時代を通じて最も人気のある文人・学者であった、という説のあるくらい江戸っ子に芭蕉以上に好まれたのである。

思うに、芭蕉のいう「わび」「さび」「細み」の俳句に飽き飽きした江戸っ子たちは、才気煥発に、自然風土より市井の人事を詠み、人情の機微を詠む弾《はず》んだ其角の俳句のほうに、ぐんと肩入れをしたのである。そうに違いないと思っている。大らかで、色気もたっぷりあって、其角は江戸文化の大輪の花なのである。それを現代人が見捨ててほとんどかえりみることがないのは、やっぱり間違いである。本書の「前口上」で書いたことをもう一度くり返す。俳句の面白さは「古池や」ばかりではあるまいに、と。

もう一つ、余談ながら、其角は要するに生粋の江戸っ子である、と何度も書いたが、そのあとで『草枕』に「道理で生粋だと思ったよ」の一行の「生粋」に、漱石が「いなせ」と読みがなをふっていることに気がついた。それで、この「いなせ」の語源を調べたことがあった。説はいろいろあったが、気に入ったのは、安政二年（一八五五）の江戸大地震の前後、どこから来たのか毎晩のように吉原へ、声のすばらしくいい、男っぷりもキリリッとした新内《しんない》語りが流しはじめた。かれの唄う文句に、
「いなせともなきその心、帰らしゃんせと惚れた情」
という一節があり、その節回しがフルイつきたいほど甘いことから評判になり、「イナセはまだ来《き》んせんかいなあ」と吉原の女どもに首を長くして待たれるようになった。そこからイキな文句やイキな姿、イキな男っぷりをイナセと賛美するようになったという。この説がいちばんいいと思った。

元禄と安政じゃ時代が違いすぎるが、其角の俳句は、江戸っ子たちにはイナセな新内語りのように待ちに待たれた、心にピタッとくるくらい粋《いき》なものであったと、そう思われてならない。

イキということでいえば、落語「酢豆腐」の建具《たてぐ》屋の半ちゃんがすぐに思いだされてくる。金もないのに心意気だけはだれにもひけをとらない。仲間の見えすいた嘘にころりと

だまされて、酒代、肴代《さかな》を払わされることになったときの啖呵が、じつに、小気味いい。「これが男ン中の男。そうよ、江戸っ子、職人気質《かたぎ》、神田っ子だ。他人《しと》にものを頼まれて決して嫌と言ってあとィ引《し》き下がったことがないんだ」

其角俳句に、わたくしはこのスカッとした心意気が感じられてならないのである。いまは、本書を悪戦苦闘しつつも書いておいてよかったと思い、こんどライブラリー版となってより多くの人に読まれることを心から願っている。

二〇一七年七月吉日

半藤一利

索引（五十音順・其角俳句のみ）

参考文献

勝峯晋風編『其角全集』……長光堂出版部（大正十五年）
飯島耕一『「虚栗」の時代』……みすず書房（平成十年）
今泉準一『元禄俳人宝井其角』……桜楓社（昭和四十四年）
同『其角と芭蕉と』……春秋社（平成八年）
潁原退蔵『蕉門の人々』……大八洲出版（昭和二十一年）
加藤郁乎『俳諧志』……潮出版社（昭和五十六年）
同『江戸の風流人』……小沢書店（昭和五十五年）
飯島耕一・加藤郁乎『江戸俳諧にしひがし』……みすず書房（平成十四年）
寒川鼠骨・林若樹編『其角研究』……アルス（大正十一年）
柴田宵曲『蕉門の人々』……三省堂（昭和十五年）
塚本哲三編『名家俳句集』……有朋堂書店（昭和二年）
中里富美雄『芭蕉の門人たち』……渓声出版（昭和六十二年）
堀切実『芭蕉の門人』……岩波新書（平成三年）
同編注『蕉門名家句選』（上）……岩波文庫（平成元年）

解説——十五ニシテ色ニ志ス

嵐山光三郎

其角は毀誉《きよ》褒貶《ほうへん》の多い人である。大酒を飲み、遊里で遊び、歌舞伎役者初代市川團十郎や豪商の紀伊國屋文左衛門を友として、およそ師の芭蕉と反対の生涯をすごした遊蕩児《ゆうとうじ》である。句は難解なものばかり。

才があり余り、十四歳で『本草綱目《ほんぞうこうもく》』、十五歳で『伊勢物語』や『易経《えききょう》』を書写した（自筆年譜）という。なにぶん衒学《げんがく》的な句だから、評釈を読んでもチンプンカンプンである。そこへ登場したのが歴史探偵のシャーロック半藤一利ホームズで、スルドイ解釈で風穴をあけた。半藤ホームズは永井荷風や夏目漱石が其角ファンだったことをあかし、謎めいた句をわかりやすく解明してくれた。よく知られた吟、

鶯《うぐいす》の身をさかさまに初音《はつね》哉《かな》

を、鶯がさかさまに枝に止まっている情景にとどめず、男女の交合図に重ねあわせて見る手並の鮮やかさに、ぽんと膝を打った。はたまた、

まんぢゆうで人を尋ねよ山ざくら

と、さっぱりわけのわからぬ句に関して、「饅頭＝舟饅頭＝隅田川の舟中で売春した女。一交三十二文」と値段まで教えてくれます。半藤ホームズ訳は自在明解で、其角の色欲を軸にしているから「ははーん、そういうことだったのか」と謎がとける。いや、とけかかる、といったところで、難解句も太夫も、腰紐がとけかかるあたりに妙がある。江戸っ子の其角は、粋で伊達を好み、鬼面人《きめんひと》を驚かす術《すべ》にたけていた。和歌・漢詩・謡曲・流行歌・狂言の教養に性的隠語を入れた。

朝ごみや月雪うすき酒の味

はノッケから「朝ごみ」がわからない。そのため其角評釈本もこの句から逃げているが、半藤ホームズは江戸板本を探索して、「朝ごみの客とは、明け方に人目を忍ぶようにして、まことに慌ただしくちょんの間で女に逢いにゆく男」とあることを発見した。つまり、早朝割引で女を買う客の嘆き節であることがわかる。

蚊をやくや褒姒《ほうじ》か閨《ねや》のささめ語《ごと》

は半藤ホームズ好みの句で、たしかに「逆立ちしたって凡夫凡妻にはつくれない」。褒姒は周の幽王の愛妾《あいしょう》で、狼煙《のろし》を見ると興奮して喜んだという変態美人である。さぞかし妖《よう》艶《えん》な女だったのであろう。その故事を知ってこの句をじっと見ると、閨といい私語《ささめごと》といい、言葉が色っぽく立ちあがってくるではないか。蚊帳《かや》のなかに蚊が入って、紙燭《しそく》の火に近づくので、女がこれを焼き殺す。遊女が半裸で蚊を焼きながらささめ語を言う性風俗模様が絵となって浮かんでくる。

傘《からかさ》に塒《ねぐら》かさうよぬれ燕《つばめ》

は半藤ホームズの訳に詳しいが、初出の『みなし栗』では「……塒かそうやゝぬれ燕」となっていて『五元集《ごげんしゅう》』でこの形になった。元禄の町衆が好んで口ずさみそうな華がある。雨に濡れた燕を見て、「ほら、この傘の下に入っておいでよ」と呼びかけている。この軽妙な息《いき》は、芭蕉が晩年にたどりついた「軽み」に通じ、その意味では、其角は芭蕉が到達した地点から出発した俳諧師といってよい。

其角が芭蕉に入門したのは、十四歳（延宝二年）のころで、芭蕉は三十一歳である。江戸に下った芭蕉はまだ名を知られていない。なにしろ、

十五から酒をのみ出てけふの月

という其角だが、半藤ホームズは小学校一年生のときから、父の晩酌につきあって飲んでいたというから「遅かりし其角どの」という次第で、「酒とくれば女、すなわち色の道なり」と喝破した。「けふの月」は遊里の月なんですね。「十五」というのは『論語』の「十有五ニシテ学ニ志ス」からとってあり、『半語《はんご》』(半藤版論語)では「十五ニシテ色ニ志ス」ということになります。

其角二十二歳のときの句に

闇の夜は吉原ばかり月夜かな

がある。千春《ちはる》編『武蔵曲《むさしぶり》』に入集した新風(江戸風)の吟として話題になった。夜間営業をしている吉原の明るさを詠んだもので「闇夜でも吉原は月夜のようである」といった趣向である。しかし、そう解釈するのは「闇の夜は」で切って読むからで、「闇の夜は吉原ばかり」で切って「月夜かな」と読むと、この世は月夜だが吉原は暗黒の夜だ、の意となり、意味が逆になる。「聞き句」という手法で、一つの句に意味が正反対になる仕掛けを入れるのが其角の腕で、この手は『新古今和歌集』からの伝統である。古典落語の「芝浜」にもこの句が出てくるから広く知られていた。

越後屋にきぬさく音や衣更《ころもがえ》

もよく知られた其角俳句だが、半藤ホームズ訳では、句の裏には「きぬぎぬの別れ」の情趣がひそませてある、という炯眼《けいがん》。其角が吉原からの帰りの朝に日本橋の越後屋の店先を通りがかり、女が衣《きぬ》をさくようにあげる声を聞いたのである。そうだったんだ。低く呻《うめ》くような声。そう解すると「きぬさく音」が、なまなましい女の肉声である、とわかり、現場を見てきたような半藤ホームズと、さらに話したくなった。

一度詠まれた句は、どのように解釈されても、それを受け入れる覚悟が求められる。それが「詩商人《しあきんど》」と自称した其角の戦略で、句に罠《わな》が仕掛けられ、「わかった」と思った瞬間に足をすくわれる。裏の意味があり、暗号を解くように、句を掘っていく。

其角は句もうまいが編集戦略の才がすぐれている。これは芭蕉も同様であって、芭蕉が株式会社蕉門社長で、其角は専務企画本部長といったところだ。蕉門の高弟は其角が集めた人材が多く、其角が、

草の戸に我は蓼《たで》くふほたる哉

とうそぶくと、芭蕉が、

あさがおに我は食《めし》くふおとこ哉

と返した。ひょっとしたら、この師弟はできていたんじゃないか、と深読みしてしまう

のも、半藤ホームズ的解釈の影響ではないかと思案した。

(あらしやま　こうざぶろう／作家)

平凡屋
おろく

[著者]
半藤一利（はんどう・かずとし）
1930年東京生まれ。東京大学文学部卒業後、文藝春秋入社。「週刊文春」「文藝春秋」編集長、取締役などを経て作家。
著書は『日本のいちばん長い日』、正続『漱石先生ぞな、もし』（新田次郎賞）、『漱石俳句を愉しむ』、『一茶俳句と遊ぶ』、『永井荷風の昭和』、『昭和史 1926-1945』『昭和史　戦後篇 1945-1989』（毎日出版文化賞特別賞）、『日露戦争史』（全3巻）、『B面昭和史』、『文士の遺言』など多数。
2015年に菊池寛賞を受賞した。

平凡社ライブラリー 859
其角《きかく》と楽《たの》しむ江戸《えど》俳句《はいく》

発行日…………2017年9月8日　初版第1刷

著者……………半藤一利
発行者…………下中美都
発行所…………株式会社平凡社
〒101-0051　東京都千代田区神田神保町3-29
電話　(03)3230-6583[編集]
(03)3230-6573[営業]
振替　00180-0-29639

印刷・製本……中央精版印刷株式会社
D T P…………平凡社制作
装幀……………中垣信夫

ISBN978-4-582-76859-6
NDC分類番号911.33　B 6 変型判(16.0cm)　総ページ224

平凡社ホームページ　http://www.heibonsha.co.jp/

平凡社ライブラリー 既刊より

【日本史・文化史】

半藤一利……………………昭和史 1926-1945
半藤一利……………………昭和史 戦後篇 1945-1989
半藤一利……………………名言で楽しむ日本史
半藤一利……………………山本五十六
半藤一利……………………日露戦争史 全3巻
廣末 保……………………芭蕉——俳諧の精神と方法
服部幸雄……………………大いなる小屋——江戸歌舞伎の祝祭空間
氏家幹人……………………江戸の少年
氏家幹人……………………[増補] 大江戸死体考——人斬り浅右衛門の時代
高木 侃……………………[増補] 三くだり半——江戸の離婚と女性たち
加藤郁乎……………………江戸俳諧歳時記 上・下
田中優子……………………江戸はネットワーク
今田洋三……………………江戸の本屋さん——近世文化史の側面
平松義郎……………………江戸の罪と罰
橋口侯之介……………………江戸の本屋と本づくり——続 和本入門